EN GREVE FÖR ELLEN

EN SÖT REGENCYROMAN OM EN FATTIG DAM OCH EN MOTVILLIG GREVE

CATHERINE BILSON

SHENANIGANS PRESS

INNEHÅLLSFÖRTECKNING

PROLOG

December 1817

"Jag beklagar, miss Bentley." Godsförvaltaren vred sin hatt mellan händerna med ett uttryck av uppriktig bedrövelse i sitt väderbitna ansikte. "Prästtjänsten har dock blivit tillsatt, och den nye kyrkoherden anländer snart för att installera sig. Ni har två veckor på er att utrymma prästgården."

Ellen Bentley klamrade sig fast vid dörrkarmen i hopp om att den skulle hålla henne upprätt då hennes knän hotade att ge vika. "Min far jordfästes nu i morse, mr Ellis, och som kvinna tilläts jag inte ens stå vid hans gravsida för att ta ett ordentligt farväl. Jag hade hoppats på att få audiens hos earlen denna vecka." Earlen av Havers var en avlägsen kusin som inte ville kännas vid deras släktskap, men hon hade bara tänkt be honom om ett rekommendationsbrev för en anställning, kanske hjälp att finna en tjänst någonstans som guvernant eller sällskapsdam. Det stod dock klart att earlen inte hade för avsikt att låta henne utnyttja deras familjeband ens i den ringa graden. Herr Ellis agerade uppenbarligen på sin arbetsgivares order.

Jag blir utkastad från det enda hem jag någonsin känt, var allt hon kunde tänka.

”Jag beklagar innerligt, miss Bentley.” Förvaltaren vred sin hatt igen. I sitt chocktillstånd lade Ellen märke till små detaljer; bekymmersrynkan mellan mannens buskiga ögonbryn, ångan som stod ur hans mun från de snabba andetagen i den kalla morgonluften, hur hans vridande händer skadade hattens filtbrätte.

”Jag förstår, mr Ellis”, sade hon till sist lågmält och såg honom buga sig lätt innan han vände på klacken och drog sig tillbaka längs trädgårdsgången.

Kyrkklockan klämtade, klar i den frostiga decemberluften, och tårarna som Ellen hade hållit tillbaka ända sedan hennes far avlidit i influensan tre dagar tidigare, inte ens två veckor efter att hennes mor lagts till vila i den kalla jorden, strömmade slutligen fram.

Där i dörröppningen till sitt hem sjönk hon ner på knä och tjöt som ett barn.

Vad i Guds namn skulle hon ta sig till nu?

KAPITEL ETT

Åtta månader senare

ELLEN HÖLL PÅ ATT plocka tomater från plantorna i trädgården när hon hörde en häst trava längs vägen, de jämna hovslagen avbröts av ljudet av en man som visslade en melodi. Han lät munter och glad i den ljusa sommareftermiddagen, och hon kom på sig själv med att le, medan hon tänkte att det var trevligt att höra någon som lät så bekymmerslös.

I samma stund fick hon syn på mannen, eller snarare hans överkropp, då han red längs vägen som passerade huset. När han såg henne över häcken höll han in sin häst.

”God eftermiddag, fröken! Skulle ni kunna tala om för mig ifall jag är på rätt väg till Haverford Hall?”

”Tyvärr missade ni just avfarten, herrn”, sade Ellen artigt. ”Den ligger ungefär en kvarts engelsk mil tillbaka åt det hållet, på er vänstra sida.”

”Jag är er mycket tacksam, fröken!” Han lyfte på hatten med ännu ett leende och hon lade märke till hur stilig han var, även om hans häst var en utsliten krake och hans kläder såg slitna ut. Hon log med en liten nick, men sade inget mer, och han vände sin häst för att rida vidare.

Söt flicka, tänkte Thomas, men han var inte där för att titta på söta flickor. När han red uppför den långa allén kantad av lärkträd som ledde upp till Haverford Hall stannade han ett ögonblick för att med förundran betrakta byggnaden. Hans farfar hade beskrivit den för honom många gånger, i kärleksfulla detaljer, men Thomas hade ärligt talat trott att den gamle mannen hade överdrivit, att hans minne inte riktigt var vad det en gång varit.

Nu när han såg godset för första gången med egna ögon insåg Thomas att han hade gjort sin farfars minne en otjänst, för huset var precis lika storslaget som han alltid hade fått höra. Byggt av den lokala honungsfärgade Cotswold-stenen glödde det gyllene i eftermiddagssolen, och fönstren längs hela fasaden glittrade i ljuset. Han försökte räkna dem och gav upp vid femtio. Från sin farfars berättelser mindes han att huset även hade två stora flyglar som sträckte ut sig baktill, så att försöka gissa antalet rum genom att bara räkna fönstren på framsidan skulle grovt underskatta deras antal.

Allt detta för en enda familj, tänkte han och skakade på huvudet med ett tyst skratt. Han kände sig liten och vilsen i det ståtliga hus hans farfar hade byggt i New York, men Haverford Hall måste vara tio gånger så stort, och såvitt han visste var det hem för endast två kvinnor. Och en hel skara tjänstefolk, utan tvekan.

Som alla nu var hans ansvar.

Thomas suckade och manade sin trötta häst att röra på sig igen. Kraken gnäggade och viftade med öronen åt honom. "Kom igen, ditt usla kreatur", muttrade han, men hade inte hjärta att sparka den. Hästen var förmodligen nästan lika gammal som han själv, men det var den enda han hade kunnat få tag på när den fina hingst han hade köpt i Bristol fick en sten i hoven och blev halt en och en halv mil från Haverford. Goliath hade snubblat illa, vilket skrämde Thomas som ridit fram i en dvala, och till sin stora förlägenhet hade han ramlat av.

Medan han kravlade sig på fötter, täckt av damm, hade han stönat när han såg Goliath stå med en hov högt lyft från marken och det ädla huvudet hängande. "Inte ditt fel, min fine gosse", mumlade han till hingsten och letade i sina fickor efter ett verktyg för att ta bort stenen. Goliath var för halt för att ridas, så Thomas ledde honom vidare till nästa by, där smeden gärna tog hand om honom men bara kunde erbjuda detta gamla svankryggiga sto för att föra Thomas vidare till sitt resmål.

Han övervägde att sitta av och leda hästen; han anlände i ett bedrövligt skick. Han skulle ha tur om han inte blev bortvisad vid ytterdörren som en bedragare. Att leda sin häst skulle knappast göra någon skillnad i det här läget. Han var tvungen att lämna henne nedanför den imponerande trappan som ledde upp till ytterdörren, men han var helt säker på att hon ändå inte hade energi att rymma när han gick uppför trappstegen för att knacka på de enorma dubbeldörrarna.

Dörren öppnades av en mycket stram och respektingivande butler, som såg ner på honom över en näsa som Thomas tyckte var betydligt mer aristokratisk än hans egen och sade:

”God eftermiddag, ers nåd. Vi har väntat er.”

Thomas öppnade munnen för att presentera sig och slog igen den med ett smack, blinkande. ”Jag... ursäkta?”

”Ni är lord Havers, inte sant?”

”Öh... jo?” Han kunde inte riktigt förstå hur de kunde ha väntat honom just idag. Han hade lämnat fartyget omedelbart efter att det lagt till och begett sig direkt hit utan att stanna för att skicka ett meddelande i förväg, och det var ju inte som om de ändå kunde ha vetat att han skulle vara ombord på just det fartyget.

Butlern böjde majestätiskt på huvudet. ”Välkommen hem, ers nåd. Jag är Allsopp.” Han höll händerna bestämt bakom ryggen, och Thomas hade en bestämd misstanke om att det inte alls var passande att skaka hand med tjänstefolk, så han bara nickade.

”Kan ni be någon att ta hand om min häst, är ni snäll, Allsopp... åh”, han såg sig omkring och fick se att stoet redan leddes bort av en stalldräng. ”Hon är faktiskt inte min, jag var tvungen att lämna min häst hos smeden i Alvescot när han blev halt.”

"Jag ska meddela Jenkins vid stallet, ers nåd", mässade Allsopp och tog ett steg tillbaka från dörren i en uppenbar signal för Thomas att stiga in.

"Jag anar att mitt minne kommer att få svårt att komma ihåg alla era namn", mumlade Thomas, klev in i huset och försökte att inte gapa åt den enorma hallen, panelklädd i mörk ek, med gobelänger högre än en manslängd hängande från väggarna.

"Grevinnan och lady Louisa är i den blå salongen, herrn. Får jag föra er dit?"

Thomas kastade en blick på sina dammiga kläder och sade: "Jag tror det vore bäst om jag bara fräschade upp mig först, eller vad tror ni, Allsopp?"

Mannen drog inte på smilbanden, utan böjde bara lätt på huvudet och sade: "Som ni önskar, herrn. Denna väg, är ni snäll."

"Snälla, säg inte att ni tar mig till de rum som den förre earlen bebodde", kom Thomas på att säga när de fortsatte uppför den massiva trappan som ledde upp längs ena sidan av hallen.

"Men naturligtvis, herrn", sade Allsopp lugnt.

"Jag skulle... föredra att inte göra det. Inte riktigt än." Han kände redan som om han trädde i en död mans skor, inte för att det verkade som om han hade något val i saken. Han hade vuxit upp med att lyssna på farfars berättelser om grevskapet. Och farfar hade inpräntat i Thomas övertygelsen att en earl var ansvarig för sitt folk, precis lika mycket som om han hade gått på Eton med andra aristokraters söner.

"Som ni önskar, ers nåd", sade Allsopp efter en kort tystnad. "Flera gästsviter hålls naturligtvis alltid iordningställda. Kanske duger en av dem?"

"Perfekt", sade Thomas tacksamt, och Allsopp återupptog sin färd uppför trappan.

"Cromwellsviten, tror jag, ers nåd. Vi kommer att passera genom Långa galleriet på vägen."

Han skulle behöva en fullständig guidad tur, insåg Thomas, annars skulle han ständigt gå vilse. Allsopp ledde honom in i ett rum som verkade nästan lika stort som den stora hallen nedanför, och Thomas haka föll ner.

"Nu förstår jag varför ni var så säker på min identitet", mumlade han och såg upp på sin egen avbild, upprepad om och om igen.

Porträtt kantade väggarna, och ett stort antal av herrarna på målningarna var uppenbart släkt med honom. Mörkbrunt hår, en kraftig haka och ögon i en nyans någonstans mellan blått och grått var tydligen Havers-drag som höll i sig genom generationerna.

Allsopp böjde på huvudet igen. "Mycket riktigt, herrn." Han verkade tveka innan han gestikulerade mot en av målningarna, utförd i en stil från ett halvt sekel tidigare. "Det där är er farfar, lord Matthew, tror jag. Det yngre barnet, i sin mors knä."

Förvånad gick Thomas närmare för att inspektera målningen. Det fanns tre barn avbildade med sin elegant klädda mor; en pojke på omkring tio år som måste vara Michael, Matthews äldre bror, och en flicka på omkring sju, vilket skulle göra Matthew fyra år på målningen. Barnen såg lyckliga ut på tavlan, den äldre pojken stod bakom sin mors stol med en öppen bok i handen, Matthew i hennes knä med en tennsoldat i varje hand och deras syster satt på en fotpall med en orange katt sovande i sitt knä.

”Är det lady Eleanor?” Matthew hade ofta talat om sin syster. Hon hade gift sig under sitt stånd, med en lokal präst, men båda hennes bröder hade tyckt för mycket om henne för att försöka neka henne när hon ville följa sitt hjärta.

”Den lilla flickan med katten? Jag tror det, ers nåd. Grevinnan eller lady Louisa skulle kunna berätta mer om dem.”

Med det verkade han få nöja sig, åtminstone för tillfället. Allsopp återtog sin majestätiska takt och Thomas följde efter, iakttagen varje steg på vägen av sina förfäders målade ögon.

Cromwellsviten var betydligt lyxigare än namnet antydde, och Thomas såg sig omkring med gillande när Allsopp visade honom in och tog in den tjockt madrasserade himmelssängen, de elegant tillverkade valnötsmöblerna och de tunga sammetsgardinerna vid fönstren. ”Mycket passande, tack.”

”Jag ska se till att någon kommer med varmvatten omedelbart, herrn. Ert bagage...?”

”Mina koffertar bör anlända från Bristol imorgon.” Han log lite skyldigt. ”Jag är rädd att jag var alltför ivrig att se Haverford Hall och att träffa min familj. Jag har en ren skjorta och rena byxor i mina sadelväskor.”

”Mycket bra, ers nåd”, och Allsopp drog sig tillbaka och lämnade honom ensam.

När Thomas gick till fönstret för att titta ut, upptäckte han att han befann sig på baksidan av huset, eller åtminstone på motsatt sida från där han hade kommit in. Han såg ner på en skyddad innergård, mellan husets två bakre flyglar, med oklanderligt skötta trädgårdar åtskilda av grusgångar. En trädgårdsmästare höll på att omsorgsfullt beskära rosor.

Allting verkade väldigt *ordningsamt*, tänkte Thomas. Han hade hört historier om amerikaner i liknande situationer som han själv som återvänt till England för att finna sina förfäders gods i ruiner, och som tvingats använda sina entreprenörsförmågor för att rädda familjeförmögenheten, men Haverford Hall var långt ifrån ruinerat. Vad skulle han ens göra här? Förmodligen sköttes godsets affärer av en förvaltare, och en mycket effektiv sådan av vad Thomas kunde se.

Hans funderingar avbröts av en knackning på dörren. ”Kom in”, ropade han och log när en ung man, som Thomas uppskattade var några år yngre än han själv, kom in och ställde sig med händerna längs sidorna för att buga. ”Hallå.”

”Ers nåd. Jag är Allsopp, ers nåd, jag var er kusin Olivers betjänt.”

”Ännu en Allsopp? Er far...?”

”Min farbror.” Denne Allsopp kunde le, verkade det som, i alla fall lyftes mungiporna i ett litet flin.

”Det kommer att göra mig alldeles förvirrad. Vad är ert förnamn?”

”Öh, Kenneth, ers nåd, men egentligen...”

”Inga men. Jag ska kalla er Kenneth och ni ska kalla mig Thomas, för jag är redan trött på att kallas *ers nåd* och jag har bara varit på engelsk mark sedan i morse.”

Kenneth gapade åt honom. ”Det skulle kosta mig jobbet, ers nåd!”

”Eftersom jag nu är er arbetsgivare ber jag att få ha en annan åsikt.” Thomas log mot honom. ”Kom igen nu, det är ett trevligt och enkelt namn. Thomas.”

”... Sir?” erbjöd Kenneth som en kompromiss med ett lätt panikslaget uttryck.

”Det får duga så länge, antar jag.” Uppenbarligen skulle han behöva arbeta på det. Kenneth kanske skulle mjukna lite när han blev mer bekväm med Thomas. Han hoppades innerligt att den yngre Allsopp inte skulle vara lika stel som sin farbror.

Ännu en knackning på dörren kungjorde ankomsten av två bastanta lakejer med kannor med ångande vatten, och en annan kom in bakom dem bärande hans sadelväskor. Medan Thomas sysslolöst undrade hur många tjänare Haverford Hall faktiskt hade, krängde han av sig sin dammiga rock och lät Kenneth ta den. Det hängde en spegel över byrån på väggen; en blick i den fick Thomas att rygga tillbaka och känna sig lättad över att han hade bestämt sig för att tvätta sig innan han träffade grevinnan och hennes dotter. Han såg ännu värre ut än han hade trott efter sitt fall från hästen. Det var tur att Havers-blodet tydligen rann starkt i hans ådror, annars skulle Allsopp utan tvekan ha avvisat honom vid dörren som den luffare han liknade.

En halvtimme senare, nytvättad, med putsade stövlar och nästan allt damm borstat från rocken, bad Thomas Kenneth att visa honom till den blå salongen och fick sin första lektion i vilka jobb som tillhörde vem i Haverfords hierarki. Kenneth blev rentav chockad.

"Min farbror skulle flå mig levande, sir! Om ni vill gå någonstans i huset ska jag tillkalla en av lakejerna för att ledsaga er tills ni hittar själv, men att bli presenterad för grevinnan och lady Louisa, det är min farbrors privilegium." Han skickade iväg en av lakejerna som hade återvänt för att hämta det använda tvättvattnet med instruktioner att omedelbart hämta Allsopp.

"Jag kommer att göra många misstag av det här slaget", sade Thomas dystert medan han väntade. "Tror ni att alla bara kommer att skylla det på att jag är en ohyfsad amerikan?"

"Jag är säker på att de inte kommer att använda ordet *ohyfsad*, sir", sade Kenneth, med läppar som ryckte till ytterst svagt, och Thomas bestämde sig för att hans betjänt faktiskt hade ett sinne för humor, hur väl han än försökte dölja det.

"Inte rakt i ansiktet på mig i alla fall."

"Man hoppas att de inte heller säger något så oförskämt bakom er rygg, ers nåd", sade Allsopp bakom honom, och Thomas höll på att hoppa ur skinnet.

"Herregud, för lite väsen, karl!"

"Jag ska bemöda mig om att komma ihåg att göra det i framtiden, ers nåd."

"Ler han *någonsin*?" mimade Thomas till Kenneth när han lämnade rummet i Allsopps myndiga kölvatten och suckade när betjänten skakade på huvudet som svar.

Allsopp ledde honom tillbaka genom Långa galleriet igen, men vände åt motsatt håll när de nådde toppen av trappan och förde honom in i vad Thomas var ganska säker på var husets östra flygel. De passerade flera stängda dörrar innan Allsopp stannade och knackade på en dörr. Thomas beundrade målningen av en stilig fux som hängde på väggen mitt emot dörren och lade det på minnet som ett landmärke.

Han hörde ingenting bakom dörren, men det gjorde tydligen Allsopp, för han öppnade dörren och klev in, och mässade formellt:

"Earlen av Havers."

Det är jag, tänkte Thomas med en känsla av overklighet som sköljde över honom. När han steg in i rummet stannade han som fastfrusen med tappad haka, då han stod ansikte mot ansikte med den vackraste flicka han någonsin hade sett.

”Lady Havers, grevinnan av Havers, och lady Louisa Havers”, deklarerade Allsopp, vilket skrämde Thomas och fick honom att slå igen munnen. Han kunde knappt slita blicken från den uppenbarelse av ljuvlighet som måste vara lady Louisa tillräckligt länge för att buga för grevinnan.

”Det är härligt att äntligen få träffa er, ers nåd”, sade grevinnan formellt, och lady Louisa upprepade henne med en mjuk, musikalisk röst.

Det krävdes ansträngning att hålla blicken på den äldre kvinnan när Thomas sade: ”Snälla, ers nåd, även om vi aldrig har träffats är ni den enda familj jag har och jag är stolt över att kunna kalla er min. Jag skulle vara hedrad om ni ville kalla mig Thomas.”

Grevinnan var en ståtlig kvinna i sen medelålder; Thomas tänkte att hon en gång hade varit en skönhet som kunnat tävla med sin dotter, även om åldern hade dämpat hennes enastående skönhet något. Klädd i en dyrbar sidenklänning i pärlgrått, kantad med lavendelfärgade band, och med det ljusa håret tillbakadraget under en spetsmössa, neg hon för honom, en gest som på något sätt var kunglig och inte alls underdånig.

”Det är mycket vänligt av er, Thomas. Kanske ni skulle vilja kalla mig faster Clarice?”

”Det skulle glädja mig storligen.” Han bugade igen och började känna sig lite fånig med allt detta nigande och bugande, men åtminstone kunde han nu vända sig till Louisa.

"Jag skulle vilja att ni kallar mig Louisa", sade hon med den där mjuka, musikaliska rösten och log mot honom.

"Jag är så glad att äntligen få träffa er båda", sade han sanningsenligt och stirrade på Louisa. Hon rodnade vackert under hans granskning och följde sin mors exempel genom att sätta sig. Grevinnan gestikulerade mot en stol och Thomas satte sig också, och kände sig tafatt och klumpig bredvid deras kultiverade, inövade grace.

Han behövde verkligen sluta stirra, men Louisa var bortom vacker, hon var strålande, med tjocka gyllene lockar som ramade in ett blekt, finlemmat ansikte, mjuka rosenröda läppar och djupblå ögon som gav henne en nästan docklik skönhet. Hon var dock ingen kall porslinsfigur, inte med den yppiga figuren som såg ut som om den hade hällts ner i en lavendelfärgad sidenklänning, där ett spetsband vid urringningen var det enda som bevarade hennes anständighet.

Om sådana klänningar var Londons mode, då var Thomas helt för det. Han försökte minnas Louisas ålder; hans farbrors brev hade varit korta och sporadiska i bästa fall, och hade upphört helt efter att farfar dog för fem år sedan. Hon var väl ändå gammal nog för societetslivet. Han undrade varför hon inte var gift; men kanske hade hon precis skulle påbörja en Londonsäsong när hennes far dog. Återkallad till sin plikt sade han;

"Jag måste framföra mina uppriktigaste kondoleanser för förlusten av earlen och lord Oliver. Jag blev djupt bedrövad när jag hörde om deras död. Jag hoppas ni tror mig när jag säger att jag var fullständigt nöjd med mitt liv i Amerika och inte för ett ögonblick eftertraktade grevskapet."

Grevinnan böjde på huvudet. "Tack, Thomas. Det är vänligt av er att säga. Ni ser verkligen ut som en Havers, måste jag säga. Allsopp sade att ni såg Långa galleriet?"

"Ja, faster Clarice, det gjorde jag, och jag hoppas verkligen att ni eller min kusin har tid att berätta för mig vilka alla dessa stiliga herrar och vackra damer var, en dag snart."

De log båda åt det. "Ni måste låta måla ert eget porträtt", sade Louisa.

"Det antar jag." Det hade inte ens slagit honom.

"Sir Thomas Lawrence är en mycket fin målare. Han färdigställde nyligen ett porträtt av Louisa som nu hänger i musikrummet", erbjöd grevinnan. "Kanske ni skulle kunna beställa er avbild av honom."

"Kanske det, men efter att ha målat Louisa måste väl vi andra vanliga dödliga se fula som mulåsnor ut i hans ögon", sade Thomas.

Louisa rodnade igen och såg ner i sitt knä. Upptagen med att stirra på henne märkte Thomas inte grevinnans belåtna leende.

KAPITEL TVÅ

"JAG TROR ATT JAG har nyheter som kan intressera dig, min kära", meddelade herr Bledsloe vid middagen, två kvällar efter att Ellen hade sett främlingen rida längs den lilla vägen.

"Nå, håll oss inte på halster!" utropade hans hustru Demelza och lade ner gaffeln. "Tala om allt för oss, herr Bledsloe, och fort, om jag får be!" Hon log mot Ellen och bjöd in henne att glädjas åt det saftiga skvaller som utan tvivel snart skulle delges. Ellen besvarade leendet svagt, då hon inte ville förolämpa henne, men hennes mor hade avskytt skvaller och fört över sin motvilja till Ellen. Som prästfru hade fru Bentley fått ta del av en ansenlig mängd hemligheter, men hon hade alltid sagt att ord hade kraften att såra.

"Käppar och stenar må krossa dina ben, men ord har sannerligen också kraften att såra", hade mor sagt till Ellen. "Folk anförtror mig sina hemligheter, och jag tänker inte svika det förtroendet."

Herr Bledsloe gjorde en viktig paus och förkunnade sedan: "Greve Havers har anlänt till Haverford Hall."

Ellen slappnade av. Det var sannerligen inte en hemlighet som kunde skada någon. Hela byn hade gått som på nålar i månader och undrat när, eller ens om, den amerikanske kusinen skulle komma för att göra anspråk på sin titel. Lika ivrig som Demelza efter information tystade hon sin väninna, som tjöt av upphetsning och febrilt viftade med solfjädern.

”När kom han, herr Bledsloe? Har ni sett honom?”

”Tydligen kom han till herrgården i förrgår. Slaktarens lärling sällskapar med en av husjungfrurna på herrgården och han träffade henne på hennes lediga halvdag igår. Hon sa att tjänstefolket på herrgården surrar av upphetsning över det hela.”

”Åh”, sa Ellen förvånat, ”jag tror kanske att jag såg honom när han red längs vägen. Han frågade efter vägen till Haverford Hall.”

”Då *talade* du med honom, du *såg* honom inte, din dummer! Var han vacker?” Demelza lutade sig ivrigt fram.

Ellen rodnade vid tanken på att hon faktiskt hade slagits av hur stilig mannen som frågat henne om vägen var. ”Det kan jag då rakt inte säga”, sa hon försynt. ”Jag såg honom bara en kort stund när han red på sin häst. Han talade till mig över trädgårdshäcken. Jag vet inte ens om det var greven. Kanske var det en tjänare som kommit med honom. Han red på en gammal krake till häst, och hans rock såg inte lika dyr ut som de den gamle greven eller lord Oliver brukade bära.”

”Jag ska gå upp till herrgården och be om audiens hos honom i morgon”, sa herr Bledsloe med viktig min. ”Jag har några papper som den gamle greven anförtrodde mig. Jag ska nämna dig för honom då, Ellen.”

Hon sa ingenting, fortsatte bara tyst att äta sin middag. Hon var ingenting för den nye greven, bara en avlägsen, utblottad kusin. Han var inte förpliktigad att göra någonting alls för henne, och med tanke på attityden hos varje aristokrat hon någonsin träffat skulle han sannolikt anse henne vara av lika liten vikt som smutsen under hans sko ... det vill säga, av absolut ingen vikt alls och något som skulle skrapas bort vid första bästa tillfälle.

Så snart herr Bledsloe hade bekräftat att greven inte hyste något intresse för henne skulle hon redan i morgon börja leta mer allvarligt efter avlönat arbete. Hon skulle be herr Bledsloe om hans tidningar och börja skriva brev för att söka anställning som guvernant eller sällskapsdam. Det var dags att göra rätt för sig. Demelza var en kär vän som hade kommit till Ellens undsättning under de fasansfulla dagarna efter hennes fars begravning, då hon inte hade någon annanstans att ta vägen, och insisterat på att Ellen måste komma och bo hos paret Bledsloe så länge hon önskade, men Ellen var medveten om att hon levde på sin väns välgörenhet. Situationen kunde inte fortsätta för evigt.

Thomas åt sin frukost och missade munnen med gaffeln oftare än han träffade eftersom han inte kunde sluta stirra på lady Louisa, som försynt tuggade på en smörad scone. Han for upp när butlern meddelade att han hade fått besök.

"Vem är det?" frågade Thomas, slängde ifrån sig servetten och reste sig, nästan lättad över att få en ursäkt att sluta göra bort sig. Han hade redan kladdat sylt på hakan två gånger.

"Den lokale juristen, herr Bledsloe", mässade Allsopp formellt.

"Han kan inte ha några affärer med dig, käre Thomas", sa grevinnan avfärdande. "Min man skötte förstås alla sina juridiska ärenden genom våra Londonjurister. Visa ut honom, Allsopp."

"Nej, jag tar emot honom, faster Clarice. Han är ju trots allt en granne."

Lady Havers blinkade, synbarligen helt förbryllad. "Jag vet inte hur man gör i Amerika, Thomas, men här är grannar andra medlemmar av herrskapsfolket, inte *jurister*."

Föraktet i hennes röst fick Thomas att blinka till. Han sa milt: "I Amerika är grannar de som bor i närheten och som vi träffar regelbundet, frun. Oavsett deras ställning i livet."

Han vände sig bort och sa: ”Visa vägen, Allsopp. Till ... eh ...” Han hade inte den blekaste aning om var man tog emot besökare, oavsett rang.

”Arbetsrummet, ers nåd.” Allsopp log faktiskt en aning. ”Denna väg, om ni behagar.”

”Jag tror faktiskt att jag kan hitta till arbetsrummet”, sa Thomas glatt till Allsopp när de lämnade den lilla matsalen där han hade fått lära sig att familjen brukade äta frukost. ”Det är nerför korridoren och precis förbi den där riktigt korta rustningen, eller hur?”

”Korrekt, ers nåd.” Allsopp log inte igen, men Thomas var säker på att butlern höll på att tina upp. Han skulle nog få mannen att dra på munnen till slut.

”Och herr Bledsloe, vad kan ni berätta för mig om honom?”

”Han är mycket respekterad i trakten, ers nåd.” Allsopp tvekade innan han sa: ”Det är naturligtvis inte min sak att motsäga grevinnan, men herr Bledsloe och greven träffades regelbundet. Greven var även den lokale fredsdomaren, ser ni, så de rådgjorde ofta i juridiska frågor. Och familjen Bledsloes hus ligger precis bortom slutet på den södra allén som leder fram till herrgården.”

”Då *är* han en granne”, sa Thomas triumferande. ”Mycket bra, Allsopp. Skulle det vara lämpligt att be om kaffe?”

”Naturligtvis, ers nåd. Jag ska se till att det bärs in inom kort.”

"Tack." Thomas log när Allsopp såg en smula förvånad ut. Tjänstefolket var verkligen inte vana vid att bli tackade, men Thomas hade ingen avsikt att ändra sina artiga vanor nu när han råkade ha fått en titel tillagd till sitt namn. Han öppnade dörren till arbetsrummet och steg in i rummet med ett vänligt leende.

"Herr Bledsloe! Det är mig ett nöje att träffa er, sir."

Juristen var en kraftig man i tidig medelålder med tunt hår. Han for upp på fötter när Thomas kom in, och hans min var minst sagt chockad över Thomas vänliga hälsning. Han bugade och stammade: "Öh, mycket vänligt av er, ers nåd, mycket vänligt. Jag är hedrad över att ni vill träffa mig."

"Struntprat, vi är ju grannar, och kalla mig gärna Havers", sa Thomas älskvärt. Han försökte sig på en charmoffensiv. Om han kunde överraska mannen i början av deras bekantskap skulle han kanske kunna övertyga honom om att allt bugande och skrapande verkligen inte var nödvändigt. Han var redan innerligt trött på det.

"Öh, ja, ers n-Havers", sa Bledsloe med uppspärrade och något chockade ögon. "Hedrad." Han tog emot Thomas framsträckta hand och skakade den.

"Bra, då är det avgjort. Slå er ner." I stället för att gå runt det enorma skrivbordet och sätta sig bakom det på ett imponerande sätt, tog Thomas en annan stol och satte sig nära Bledsloe. "Det var väldigt vänligt av er att komma på besök. Det gläder mig att börja träffa mina nya grannar."

"Grannar? Ja, just det ... det är vi väl."

”Allsopp säger mig att ni bor vid slutet av den södra allén, vilket väl måste göra er till en av våra närmaste grannar, eftersom den norra infarten är tre gånger så lång, har jag hört.”

”Inte precis vid slutet, Havers. Lite längre bort på vägen mot Colesbourne. Jag tror faktiskt att ni kan ha talat med en ung dam i min trädgård den dagen ni anlände och frågade efter vägen?”

”Flickan i den grå hatten! En släkting till er?” Thomas nickade och mindes flickan och hennes leende, det vänliga sätt hon hade talat till honom på.

”En vän till min hustru, faktiskt. Hon bor hos oss ett tag, sedan förlusten av sina föräldrar. De omkom båda på samma tragiska sätt som er farbror och kusin. För vilka förluster, tillåt mig att framföra mina kondoleanser.”

”Tack”, sa Thomas med en nick. ”Det måste ha varit svårt för en ung flicka att förlora båda sina föräldrar samtidigt. Jag led samma förlust, men jag var inte gammal nog att minnas deras bortgång. Min farfar uppfostrade mig.”

”Det skulle vara lord Matthew?”

”Just det. Han uppfostrade mig med berättelser om Haverford.” Thomas log och såg sig omkring i arbetsrummet, som fortfarande bar hans farbrors prägel i varje pampigt möbelstycke, i valet av böcker på hyllorna. ”Jag är rädd att bilderna som min fantasi skapade inte gjorde det rättvisa, dock.”

"Verkligen." Herr Bledsloe tystnade och sa sedan, som om han valde sina ord med viss finkänslighet: "Talade lord Matthew någonsin om sin syster?"

"Lady Eleanor? Ofta! Jag tror att han saknade henne mest av allt när han emigrerade, och hon lät förtjusande. Det är mig ledsamt att jag aldrig fick chansen att träffa henne. De brevväxlade fram till hennes död, tror jag, men det var innan jag föddes. Ni kanske kan berätta för mig – jag vet att hon gifte sig, men fick hon barn? Jag har ännu inte haft chansen att fråga min faster om andra levande släktingar jag kan ha, jag håller ju precis på att vänja mig vid att ha *några* alls!"

"Fullt förståeligt, ers nåd. Och ja, lady Eleanor fick en dotter. Faktum är, om jag får?" Bledsloe pekade mot en bokhylla bakom skrivbordet, och Thomas nickade och såg nyfiket på medan mannen reste sig och drog fram en stor, gammal bok, rikt inbunden i grönt läder med guld-prägling.

"Detta är familjen Havers bibel", berättade Bledsloe. "Den fjärde greven, det var förstås den förre grevens far och er farfars äldre bror, höll den uppdaterad fram till sin död för knappt tjugo år sedan."

Thomas nickade förstående när Bledsloe lade boken på skrivbordet och försiktigt öppnade den till de sista sidorna, som visade ett släktträd skrivet med flera olika handstilar.

"Ah, den här kommer att vara användbar när jag försöker hålla reda på vem som är vem på porträtten i det långa galleriet", mumlade Thomas tankfullt och lutade sig fram för att titta.

"Här, ser ni", pekade Bledsloe. "Den fjärde greven och hans syskon, Matthew och Eleanor."

Ett streck ledde ner från Matthew till *Ellis (f. 1767, g. 1789, d. 1792)*. Under hans namn stod *Julia Henry (d. 1792)* och ett annat streck ledde ner därifrån till *Thomas (f. 1790)*.

"Ni kan förstås skriva *6:e greve Havers* bredvid ert namn nu", konstaterade Bledsloe.

"Kanske en annan dag." Allt inom Thomas gjorde uppror mot det just nu. Kanske skulle han överlåta det till en ättling som inte kände sig som en fullständig bedragare. Han såg över släktträdet och insåg att han också skulle behöva skriva in dödsdatumen för Michael och Oliver.

Nej, han var inte redo att ta itu med det heller just nu. Han flyttade fingret tillbaka till Eleanors namn och följde strecket neråt.

"Hon hade två döttrar ... åh, en dog ung, så sorgligt." Fem år gammal hade fröken Sarah Ripley varit. När han såg på datumen insåg han att det måste ha varit samma år som farfar reste till Amerika. Hade lilla Sarah dött före eller efter hans avfärd? Vilket fruktansvärt år det måste ha varit för Eleanor.

"Ja, men fröken Laura överlevde till vuxen ålder. Hon gifte sig med en köpman från Bristol, och de fick en dotter, Susan. Under ett besök hos sina släktingar här i Haverford blev fröken Susan förälskad i den lokale komministern och de gifte sig. Efter bröllopet förlänade den fjärde greven herr Bentley pastoratet, så att hans släkting Susan skulle vara säker på ett bekvämt liv."

Thomas lyssnade med intresse när Bledsloe berättade om familjen han aldrig hade känt. Han följde linjen skriven med en spindellik handstil längst bak i den gamla bibeln och kom till *Ellen (f. 1798)*. Samma år som Louisa på den andra grenen av släktträdet, noterade han.

”Höll den femte greven släktträdet uppdaterat?” frågade han.

”Han skrev i er farfars dödsdatum, så jag antar det. Såvitt jag vet fanns det inga andra händelser som krävde en notering under hans tid som titelns förvaltare.”

”Så Ellen lever fortfarande?”

”Ellen är den unga dam jag berättade om, Havers. Susan Bentley var hennes mor.”

Thomas gapade nästan åt honom och hans blick flög tillbaka till släktträdet. I alla de otaliga grenarna kunde han, såvitt han kunde se, bara hitta tre levande Havers-ättlingar: han själv, Louisa och Ellen. ”Varför bor hon då hos er fru, och inte här med sin familj?” krävde han indignerat.

Bledsloe tvekade och sa sedan finkänsligt: ”Medan den fjärde greven ansåg lady Eleanors ättlingar vara familj och förlänade pastoratet till herr Bentley för att se till att fröken Susan skulle bli omhändertagen när hon gifte sig med honom, gjorde den femte greven det inte.”

Thomas lutade sig tillbaka och såg på den andre mannen. ”Säger ni att den förre greven – tusan också, jag kommer bara att kalla honom min farbror – inte erkände Susan och Ellen Bentley som släktingar?”

"Får jag tala öppet?"

"Gör det, för jag har en känsla av att jag missar något här. Av vad jag ser här har vi knappt *någon* familj kvar." Thomas viftade med handen över boken. "Varför skulle min farbror inte erkänna en prästs fullkomligt respektabla hustru och hennes dotter som medlemmar av familjen?"

"För att er farbror var en snål och småsint tyrann som aldrig gjorde något om han inte trodde att det gynnade honom." Bledsloe såg halvt trotsig, halvt rädd ut när han sa orden.

En knackning på dörren avbröt dem, och en jungfru bar in en bricka med en ångande kaffekanna. Thomas hällde upp en kopp till Bledsloe och en till sig själv, tacksam för avbrottet eftersom det gav honom tid att samla tankarna.

"Hur försörjdes Ellen när hennes föräldrar dog?" frågade Thomas.

"Hon ärvde besparingar på omkring etthundrasjuttio pund", sa Bledsloe. "Även om hennes morfar var en ganska framgångsrik köpman i Bristol, gifte han om sig efter sin första hustrus död och fick två söner, som ärvde hans förmögenhet. Pastoratet tilldelades snabbt en annan man när herr Bentley dog. Att underteckna de papperen var för övrigt en av er farbrors sista handlingar." Bledsloe sänkte blicken, bet sig i läppen. "Ellen har för avsikt att söka en tjänst som guvernant eller sällskapsdam. Vi bad henne stanna hos oss åtminstone tills er ankomst. Hon har hjälpt min hustru med barnen. Även om vi inte har råd att betala henne en ordentlig lön, äter hon med familjen och Demelza behandlar henne som en syster."

Som en oavlönad guvernant, menar ni, tänkte Thomas en aning ovänligt, men han misstänkte att Bledsloes skuldkänslor i frågan var anledningen till att juristen nu hade uppsökt honom.

"Det verkar helt orättvist att min kusin ska tvingas försörja sig på det här sättet", sa han högt. "Hon är tjugo, enligt datumet här?"

"Sannerligen."

"Skulle hon vilja gifta sig? Om det finns en friare på lut skulle jag med glädje bistå med en hemgift."

"Den ende friare som någonsin har bett om hennes hand är den nye prästen", sa Bledsloe. "Han verkade tycka att hon borde vara tacksam för en möjlighet att stanna i sitt gamla hem, även om det innebar att hon också skulle bli hans oavlönade hushållerska och värma hans säng. Men eftersom han är omkring femtiofem år gammal, avrådde jag Ellen från det. Hon övervägde det dock på allvar. Hon önskar inte vara en börda för någon."

"Jag börjar redan ogilla den nye prästen", sa Thomas efter en stunds chockad tystnad. "Vad heter han?"

"Herr Brownlee. Han har redan hittat en annan fru, en dotter till en av era arrendatorer som var ganska nöjd med att tacka ja till hans anbud."

Thomas skakade på huvudet och övervägde sina alternativ. Det enklaste vore att ge Ellen en summa pengar, men vad skulle hända sedan? Var skulle hon bo? Hon skulle behöva hitta en egen sällskapsdam för att ge henne anseende. Skulle hon ens vilja det, eller acceptera pengarna?

"Jag tror att jag skulle vilja träffa Ellen", sa han slutligen, efter att ha tagit en lång klunk av sitt kaffe. "Vi talade bara kort när hon gav mig vägbeskrivningen till herrgården, men hon verkade mycket charmerande. Hon är min kusin lika mycket som lady Louisa, och jag skulle vilja lära känna henne."

"Mycket bra, Havers." Bledsloe gav honom en gillande nick. "När skulle det passa er?"

"Finns ingen bättre tidpunkt än nuet, brukade farfar alltid säga. Får jag slå följe med er tillbaka?"

"Det skulle vara mig ett sant nöje."

KAPITEL TRE

DET BLEV EN MYCKET angenäm promenad längs allén mellan lärkträden. Thomas fann sig vissla igen, medan han njöt av vädret.

"Är det alltid så här behagligt här i september?" frågade han.

"Inte alltid, det här är en mycket fin sensommar", sade Bledsloe. "Oktoberregnen börjar snart nog, och nätterna blir allt längre. Hur är klimatet i New York, Havers? Jag har hört att vintrarna kan vara mycket stränga."

"Ja, med tidvis kraftiga snöfall", instämde Thomas. "Somrarna är också olidligt heta; jag var inte ledsen över att resa i maj, innan vädret blev för varmt. Jag har förstått att det engelska klimatet är mildare överlag."

De talade om vädret, om skördarna och om det arbete Bledsloe hade utfört tillsammans med den förre earlen medan de gick. Bledsloe berättade att en annan lokal godsägare, sir Edward Kingsley, hade utsetts till fredsdomare efter earlens frånfälle, vilket Thomas var tacksam för; han skulle ha fullt upp utan att dessutom behöva oroa sig för att upprätthålla lagen i trakten!

Till slut kom de till änden av den halvmilslånga allén och Bledsloe svängde av mot huset som Thomas hade passerat häromdagen. Han kom ihåg att han hade tyckt att det såg ut som en ganska trevlig egendom, på en tomt om ett tunnland eller så med en stor köksträdgård vid sidan om, där han hade fått syn på Ellen när hon plockade frukt. Bledsloe sköt upp trägrinden och de gick fram till ytterdörren.

"Demelza kommer antagligen att göra lite väsen av sig", sade Bledsloe med sänkt röst. "Bry dig inte om hennes dumheter. Hon gillar att ställa till med lite ståhej, det är allt."

När Thomas såg leendet i mannens ansikte tänkte han att han verkade mycket förtjust i sin hustru trots allt hennes ståhej. Åtminstone befann sig Ellen i ett hem där hon inte behövde frukta påträngande uppvaktning från husets herre, en mycket verklig fara om hon verkligen skulle ta tjänst som guvernant eller sällskapsdam.

"Demelza? Jag har med mig en besökare som vill träffa dig, min kära", sade Bledsloe och ledde in Thomas i en salong där en vacker kvinna i trettioårsåldern satt med två barn, som båda lyssnade uppmärksamt när deras mor läste för dem. "Pojkar, res er upp och buga så fint ni kan nu. Detta är earlen av Havers. Ers nåd, min hustru och mina två söner, Jacob och Jason."

Han såg att pojkarna var tvillingar, omkring sju år gamla, helt identiska med sina blå ögon, sitt ljusa hår och sina små fräkniga ansikten, och de stod med öppen mun av vördnad inför åsynen av en livs levande earl i deras egen salong.

Demelza Bledsloe gav ifrån sig ett litet skrik och tappade sin bok. "John! Åh, ers nåd!" hon neg lite panikartat. "Jag trodde aldrig ... åh, herregud!"

"Var snäll och låt er inte störas, fru Bledsloe", Thomas satte in sin charmoffensiv igen, steg fram för att lyfta hennes hand och kyssa den. "Jag ber så mycket om ursäkt för att jag hälsar på er oanmäld, men när er make var vänlig nog att besöka mig beslöt jag att jag helt enkelt inte kunde vänta med att återgälda det – och att få träffa min släkting, som jag förstår är er mycket goda vän."

"Ja, var är Ellen, min kära?" frågade John.

"Åh, hon är i förmiddagsrummet", svarade Demelza lite nervöst och lugnade sig när Thomas log betryggande mot henne. "Hon hittade en annons i gårdagens tidning om en tjänst hon trodde kunde passa, och sade att hon ville skriva en ansökan – jag sade åt henne att vänta tills John hade talat med ers nåd, men hon var så säker på att ni inte skulle vara intresserad av att ens träffa en så avlägsen släkting ..."

"Tvärtom, frun, är jag synnerligen intresserad av att träffa fröken Bentley. Såvitt jag vet har jag bara två levande blodsfränder, fröken Bentley och lady Louisa. Jag har inte för avsikt att avvisa en av dem av någon som helst anledning."

"Det är mycket glädjande att höra; jag visste att det måste vara så! Jag har hört att amerikaner har ett helt annat sätt att tänka än vi engelsmän, åtminstone adeln. Var snäll, ers nåd, låt mig inte uppehålla er; pojkarna har ännu inte avslutat sin geografilektion. Kanske vi alla kan komma och dricka te tillsammans i förmiddagsrummet inom kort?"

Thomas medgav att det lät mycket trevligt och log mot tvillingarna, vars ansikten omedelbart hade mulnat vid omnämnandet av den tillfälligt övergivna lektionen. Uppmuntrad av hans leende, slängde en av dem – han hade ingen aning om vilken – ur sig: "Har ni någonsin sett en röd indian, ers nåd?"

"Om er mor säger mig att ni har varit mycket uppmärksamma under resten av lektionen, kanske jag berättar när vi dricker te", viskade Thomas och böjde sig ner, och belönades med ett par strålande leenden.

Söta små rackare, tänkte han när han artigt tog avsked av fru Bledsloe och följde hennes man ut ur rummet. Han hade ännu inte på allvar funderat på att ta sig en hustru och inrätta en barnkammare – han var bara tjugoåtta! – men han antog att han nu måste se det som sin plikt att göra det, och så snart som möjligt. Jarldömet behövde en arvinge.

Nästa dörr längs den lilla hallen stod öppen, in till ett rum av liknande storlek som salongen, med ett ovalt bord för åtta personer i mitten av det. Ellen satt vid bordet, med papper utspridda framför sig och en fjäderpenna i handen.

"Ellen?" sade Bledsloe. Hon såg upp, och hennes ögon vidgades vid åsynen av Thomas som kom in i rummet bakom honom.

"Åh!" Överraskad lade hon ner sin penna, reste sig och neg graciöst.

"Earlen av Havers, tillåt mig att presentera fröken Ellen Bentley", sade Bledsloe formellt, och sedan med ett leende, "er kusin."

"Det är ett ganska avlägset släktskap, ers nåd", skyndade sig Ellen att säga.

"Jag vet exakt hur avlägset, fröken Bentley; er farmors mor var min farfars kära syster. Han berättade många historier för mig om lady Eleanor, och jag är förtjust över att få träffa hennes ättling." Thomas bugade och gav Ellen ett betryggande leende. Hon såg bekymrad ut, med rynkad panna.

"Jag ska bara kila ut i köket och be Betsy ordna med teet", sade Bledsloe, "så att ni två kan bekanta er med varandra." Han lämnade rummet, lät dörren stå vidöppen och lämnade Ellen och Thomas stirrande på varandra i tystnad.

Hon var vackrare än han hade trott med den där fula grå hatten som skymde hennes hår, insåg Thomas, även om den enkla mörkgrå klänningen hon bar inte gjorde henne någon rättvisa. Hon var fortfarande i sorg efter sina föräldrar, förstås, men det var ju lady Louisa också efter sin far, och hon hade lyckats hitta en klänning som smickrade henne.

Så fort han tänkt tanken, sparkade Thomas mentalt på sig själv för en sådan okänslighet. Louisa hade en obegränsad budget och troligen en sömmerska helt ägnad åt hennes garderob, medan Ellen bara hade ett ynkligt arv. Utan tvekan fick hon nöja sig med vad hon hade, i ett försök att spara sina små medel för framtiden.

"Vill ni inte sitta ner, ers nåd?" sade Ellen till slut och satte sig själv. Thomas satte sig ner, och fortsatte att betrakta henne. Hon såg mager ut, trots att Bledsloe hade sagt att hon åt med familjen. Det fanns insjunkna partier i hennes bleka kinder och skuggor under ögonen, en mörkt chokladbrun färg helt olik hans egna blågrå. Hennes hår var mörkare än hans, nästan svart, även om solljuset som strömmade in genom fönstret bakom henne lockade fram några mahognyröda glimtar i det. Han såg föga likhet i hennes drag med vare sig sina egna eller Louisas, och undrade om hon alls bråddes på sin Havers-farmor, eller om hennes utseende kom från en annan del av hennes familj. Han kunde sannerligen inte omedelbart erinra sig någon i Långa galleriets porträtt som Ellen med säkerhet kunde sägas likna.

"Bledsloe berättade lite om er situation", sade Thomas tafatt efter en stunds tystnad. Ellen satt bara tyst, med händerna knäppta i knät, utan att se på honom, och väntade tydligen på att han skulle inleda samtalet. Eller, tänkte han, utfärda påbud, som hon kanske hade förväntat sig att den förre earlen skulle göra. "Jag är mycket ledsen över förlusten av era föräldrar."

"Jag beklagar er förlust också, ers nåd."

Han blinkade förvirrat.

"Earlen och lord Oliver?" antydde hon.

"Åh, jag förstår. Jag kände dem aldrig, är jag rädd. Min farfar korresponderade med dem i viss utsträckning medan han fortfarande levde, men sedan hans död för fem år sedan hörde jag inte ett ord förrän en representant från min farbrors advokatbyrå i London kontaktade mig i New York."

"Jag förstår", sade Ellen färglöst, och det blev ytterligare en kort tystnad innan hon sade: "Har ni annan familj, där borta i Amerika?"

"Nej, mina föräldrar dog när jag var mycket ung. En brand. Farfar uppfostrade mig."

Hon nickade tyst, och Thomas undrade vart den vänliga, leende flickan han hade sett i trädgården för bara två dagar sedan hade tagit vägen. *Hon visste inte vem jag var då*, insåg han i ett ögonblick av upplysning. *Hon är rädd för mig, för hur mina handlingar kan rubba hennes lilla värld.*

"Får jag kalla er Ellen?" frågade Thomas och försökte göra sin röst så tyst och mild som han kunde. "Och jag skulle uppskatta om ni ville kalla mig Thomas. Jag har bara tre levande släktingar i hela denna värld, och ni är en av dem."

Hennes stora ögon lyftes mot hans ansikte, och han lade märke till ljusare bärnstensfärgade glimtar i det mörkt chokladbruna i hennes ögon. Hon sade ingenting på ett långt ögonblick innan hon slutligen sade: "Jag vill inte verka respektlös inför andra, men jag antar att om vi har ett privat samtal, som nu, skulle jag kunna kalla dig Thomas."

"Sådär, det var väl inte så svårt?"

Hon log äntligen som svar på hans retsamma ton. "Inte så svårt. Jag har aldrig haft en kusin förut."

Det fick honom att höja på ögonbrynen. "Självklart har du det. Lady Louisa ..."

"Jag har sett lady Louisa varje söndag i kyrkan sedan vi båda var gamla nog att gå dit, och jag är helt säker på att hon inte har någon aning om vad jag heter."

Thomas lutade sig tillbaka och studerade henne eftertänksamt.

Ellen såg ner på sina händer och bet sig skyldigt i läppen. "Det där borde jag nog inte ha sagt", mumlade hon.

Det hade varit avgjort spydigt, tänkte Thomas. I stark kontrast till den milda, blygsamma flickan som Ellen uppenbarligen försökte framställa sig som. Hon hade en hetlevrad sida, även om hon uppenbarligen försökte hålla den väl dold.

"Nej, du har all rätt att känna dig förbittrad. Jag kan knappt själv tro på hur familjen har behandlat dig. Det ändras nu."

Hennes ögon var fortfarande vaksamma när hon såg på honom. "Vad menar du?"

"Vad vill du, Ellen?" frågade han henne.

"Ursäkta?" Överraskad blinkade hon mot honom.

"Vad vill *du*? Göra med ditt liv, menar jag? Vilka är dina drömmar, vad skulle du göra om du kunde göra precis vad som helst?"

Hon tvekade och stirrade på honom. "Jag ... vet inte. Ingen har någonsin ställt den frågan till mig förut. Jag tror inte att det är en fråga som många flickor blir tillfrågade om, egentligen. Vi förväntas inte vilja något mer än att bli hustru och mor till någon man ..."

"Är det inte vad du vill?"

"Kanske." En aning färg steg upp på hennes bleka kinder. "Jag har aldrig träffat en man som fått mig att vilja de sakerna."

"Rättvist nog." Thomas knäppte händerna och knackade eftertänksamt med fingertopparna mot varandra. "Ska jag tolka det som att ditt livs yttersta dröm i själva verket inte är att bli guvernant, skollärarinna eller sällskapsdam åt någon förmögen dam?"

"Det är den inte. Fram till detta möte trodde jag dock att det var den enda framtid som möjligen stod öppen för mig!"

"Är du lycklig här?" frågade han, då han såg att hon verkade lite mer avslappnad och bekväm med honom.

"Här?" Hon såg förbryllad ut. "I Haverford? Jag har aldrig känt till någon annan plats."

"Jag menar, när du bor hos dina vänner. Herr och fru Bledsloe."

"Åh, jag förstår ... tja, Demelza har varit så oerhört snäll. Jag hade ingen annanstans att ta vägen efter att mr Ellis sade åt mig att jag hade två veckor på mig att lämna prästgården."

Stoppad i tanken, blinkade Thomas. "Vänta. Vad, mr Ellis, godsinspektorn?"

"Just det."

"Min farbrors inspektor ... beordrade dig ut ur ditt hem? Inom några dagar efter dina föräldrars död?"

"Samma dag som pappas begravning. Mamma dog två veckor innan ... hon var inte så stark, och när hon väl dog tror jag att pappa bara gav upp livsviljan." Ellen blinkade bort tårarna när hon kom ihåg de fruktansvärda veckorna. Hon hade insjuknat först och höll precis på att återhämta sig när mamma smittades av sjukdomen. Utmattad och fortfarande på bättringsvägen själv, gjorde Ellen sitt bästa för att vårda sin mor, men förgäves.

"Jag är så ledsen", sade Thomas. "Jag kan inte tro att Ellis tog sig den friheten." Han var rasande. Hur vågade mannen? Det var sannerligen inte hans plats.

"Åh, Thomas." Hon gav honom en världsvan blick. "Herr Ellis skulle aldrig ha vidtagit en sådan åtgärd utan earlens uppmaning. Jag hade redan flyttat hit när jag fick höra att earlen själv hade fått influensan och blivit sjuk."

Thomas begravde huvudet i händerna och kände sig fullständigt skamsen över sin avlidne släkting. "Herre Gud, hur kunde han vara så grym? Mot dig, en ung kvinnlig släkting, helt ensam i världen?"

Ellen hade inget svar att ge honom. Hon hade ställt sig den frågan många gånger, hur en man som kallade sig kristen, som gick i kyrkan, kunde bete sig på ett sådant sätt.

”Jag tycker att du ska komma och bo på herrgården.” Thomas tog ner händerna från ansiktet för att se på henne igen. Hon gapade åt honom i största förvåning.

”Jag ... tror inte att grevinnan skulle tycka om det särskilt mycket.”

”Eftersom det inte är hennes hus bryr jag mig inte särskilt mycket om vad hon tycker”, sade Thomas skarpt. ”Säg inte att *hon* inte kunde ha gjort något för dig, även om hennes man var den största girigbuk! Jag såg hushållsräkenskaperna igår. En enda månads fickpengar från henne hade kunnat köpa dig en egen stuga rakt av!”

Han verkade ganska upprörd å hennes vägnar. Det fanns egentligen inget Ellen kunde säga; hon bara satt och tittade på honom, med händerna knäppta i knät.

”Jag är omyndig”, erbjöd hon slutligen tveksamt. ”Jag antar ... tekniskt sett, som min närmaste släkting, är du min förmyndare.”

”Är jag?”

”Vi skulle kunna fråga John. Han är ju advokat, så jag är säker på att han kan ge råd om lagligheten i saken.” Ellen gav honom ett litet leende. ”Thomas, ärligt talat, jag är tacksam för att du vill göra något för mig. Jag vill egentligen inte vara guvernant eller sällskapsdam. Jag antar att jag alltid hade hoppats på att hitta någon trevlig godsägare eller kanske en komminister som tyckte tillräckligt mycket om mig för att fria.”

"Om det är vad du önskar, Ellen, ska jag se till att du blir presenterad för varenda godsägare och komminister i England tills du hittar den som kan göra dig lycklig", lovade han.

Hon fnittrade faktiskt åt ett sådant löjligt påstående, och handen flög upp för att täcka munnen, medan hennes ögon gnistrade. "Jag är säker på att det inte skulle krävas så värst många!"

Förtjust över att ha fått henne att skratta log Thomas brett mot henne. "Är det avgjort då? Du kommer att flytta till herrgården ... med din familj?"

Hon tuggade på sin underläpp och övervägde det. "Jag tycker att du borde tala med grevinnan först", sade hon försiktigt till slut. "Även om du förstås har rätt i att det är ditt hus, vill jag inte vara orsaken till osämja mellan dig och din familj."

"Om jag gör det, kommer du då att förbereda dig på att flytta till herrgården inom de närmaste dagarna?"

Hon nickade till sist. "Det ska jag. Och Thomas ... tack."

Han sträckte sig över bordet, tog hennes hand mellan båda sina och tryckte den försiktigt. "Vi är *familj*, Ellen. Det betyder något för mig, och jag skulle ha önskat att se dig bekväm även om jag inte hade ärvt titeln. Min farfar skapade sig en ansenlig förmögenhet i Amerika, förstår du."

"Gjorde han?" Ellen såg genuint intresserad ut. "Jag skulle väldigt gärna vilja höra om din farfar."

"Han var en riktig karaktär. Jag skulle med glädje berätta några av hans historier för dig. Han var ju din släkting också, trots allt."

Fotsteg vid dörren fick Thomas att släppa hennes händer och se sig om; tvillingarna kom inskuttande, med sin mor bakom sig och John Bledsloe hack i häl med en bricka i händerna.

Allt seriöst samtal fick avbrytas då pojkarna raskt lade beslag på Thomas och bombarderade honom med frågor om Amerika. Skrattande försökte han besvara dem så gott han kunde medan Demelza hällde upp te och räckte runt en tallrik med kex.

På vägen tillbaka upp till herrgården en timme senare slog det Thomas att han inte hade haft så roligt på mycket länge. Ellen hade slappnat av mer med sina vänner i rummet, och han hade njutit av att höra hennes glada fnitter ljuda åt tvillingarnas upptåg. De två pojkarna var uppenbarligen mycket förtjusta i henne, och hon i dem. Efter en liten stund hade Bledsloe tyst bett Thomas att stiga ut, och de två männen drog sig tillbaka till ett litet arbetsrum för att samtala privat.

Thomas började vissla igen när han gick och kände sig nöjd med sig själv och de åtgärder han hade vidtagit den morgonen. Bledsloe hade uttryckt sin uppskattning för att Thomas ville föra in Ellen i Havers-familjens famn.

"Vi kommer att sakna henne, jag vet att Demelza förlitar sig mycket på henne, men det är inte rättvist mot Ellen. Hon är en god, rar flicka och hon förtjänar möjligheten att göra något av sitt liv. Jag måste säga, Havers, jag är väldigt glad att du inte är av samma åsikt som din avlidne släkting i denna fråga.”

Thomas skämdes ärligt talat över att en släkting till honom hade kunnat behandla en oskyldig ung kvinna så ovärdigt. Ellen hade uppenbarligen inga stora förväntningar, men hans farbror hade kunnat göra hennes liv bekvämt med knappt någon olägenhet för sig själv. Tänk, en hemgift på några hundra pund skulle ha fått varenda godsägare och komminister i grevskapet att stå i kö för att uppvakta Ellen!

Men att bara ge henne en hemgift kändes inte tillräckligt för Thomas nu när han hade träffat Ellen. Att göra det skulle tvinga in henne på den smala stigen mot äktenskap, och han undrade om hon ens ville det. Som hon hade sagt, kvinnor blir sällan tillfrågade om vad de vill med livet, det är bara *förväntat* av dem att de ska vilja bli hustrur och mödrar.

Ellen förtjänade en chans att upptäcka vad hon verkligen ville bli i livet, och vid Gud, Thomas skulle ge henne den chansen.

KAPITEL FYRA

"Du vill göra vad?" Clarices röst skar sig när hon stirrade på Thomas, med ögonen vidöppna av misstro.

"Jag vill att vår kusin ska komma och bo här på Haverford Hall." Han höll rösten stadig och sneglade på Louisa medan han talade. Hon satt med ett broderi i händerna, men hade inte sytt ett enda stygn sedan han börjat tala. Hennes ansikte var lika stilla och svalt som en marmorstaty, han kunde inte utläsa vad hon tänkte.

"Hon är en *kyrkoherdes dotter*", utbrast Clarice.

"Hon är *min kusin*."

De stirrade på varandra i en tyst viljornas kamp, där Clarice var en adelsdam ut i fingerspetsarna. Thomas bröt till slut dödläget genom att säga:

"Jag ber inte om din tillåtelse, faster Clarice. Skulle du finna det omöjligt att vistas under samma tak som fröken Bentley, har du livstids nyttjanderätt till änkesätet enligt vad som stipuleras i ditt äktenskapsförord, tror jag."

Clarices mun öppnades i chock. Louisa gav ifrån sig ett litet ljud, och när Thomas såg tillbaka på henne fann han att hon hade lagt ner sitt broderi och såg rakt på honom.

"Det kommer naturligtvis inte att bli nödvändigt, Thomas", sa hon med sin mjuka röst och log sött mot honom. "Jag är förtjust över möjligheten att få lära känna fröken Bentley. Som du säger är hon även min kusin. Vi skall med glädje välkomna henne till herrgården, eller hur, mamma?"

Lättad över att Louisa var på hans sida och nöjd över hennes medkänsla och iver att träffa Ellen, nickade Thomas glatt mot henne. Hon återgick till sitt broderi med ett litet leende på läpparna och en svag rodnad på kinderna.

Herregud, så vacker hon är.

Förlorad i betraktandet av Louisa märkte Thomas knappt Clarices uppgivna suck och hennes slutliga anmärkning: "Nåväl, då. Om du nu *måste.*"

Clarices reaktion efter att Thomas hade lämnat rummet avslöjade dock hennes sanna känslor. Hon reste sig från sin stol och vandrade av och an, och fick sina kjolar att frasa medan hon blickade bistert. "Jag kan inte tro att han tänker pracka på oss den här flickan!" utropade hon, tydligt rasande över att ha blivit motarbetad.

”Han är amerikan, mamma”, sa Louisa och sydde lugnt ett nytt stygn. ”Jag har förstått att de har helt andra idéer om de lägre klasserna, de verkar faktiskt inte tro att det *finns* några lägre klasser.”

”Fullkomligt nonsens”, fnyste Clarice. ”Det finns en naturlig ordning på saker och ting. Att ta hit fröken Bentley för att bo här! Vad ska han hitta på härnäst? Ju förr han kommer till sans och gifter sig med dig, desto bättre.”

”Sådana saker kan inte påskyndas, mamma”, sa Louisa och klippte prydligt av en lös trådände. ”Det sa du till mig. Långsamt, försiktigt, så att han inte vet att han är i fällan förrän den redan har slagit igen. Han nosar redan runt, redo att nappa på betet.”

”Måste du använda sådana krassa jakttermer, Louisa? Du låter rentav blodtörstig.” Clarice rynkade på näsan av avsmak. ”Var mycket noga med att inte låta Thomas få veta att du har en hänsynslös sida förrän du har hans ring på ditt finger, min kära.”

”Frukta inte, mamma. Jag har allt under kontroll. Fröken Bentley kommer inte att utgöra något hinder för våra planer, det försäkrar jag dig.” Hon höll upp sitt handarbete och vände det hit och dit för att granska de små, exakta stygnen hon hade sytt. Kvaliteten på arbetet var obestridlig, men en observatör kunde ha ifrågasatt motivet. Långt ifrån att sy något vackert mönster av blommor eller fjärilar, hade Louisas nål skapat en blodig jaktscen, där rävar slet i strupen på en fallen hjort och scharlakansröda bloddroppar stänkte på bakgrundens gröna undervegetation.

Blidkad och lugnad av sin dotters sans, suckade Clarice och satte sig ner igen. "Mycket väl, min kära. För din skull ska jag försöka låtsas att jag är glad över flickans närvaro."

"Jag tror inte att du behöver gå så långt, mamma. Låt mig bli vän med henne medan du agerar som om du tolererar henne enbart för att Thomas har befallt det. Hon kommer att vilja ha en vän och snart vara villig att göra allt jag ber henne om, frukta inte."

"Och sedan då?"

"Jo, sedan hittar jag en friare som kan gifta sig med henne och få henne ur vägen." Louisa ryckte på axlarna. "Thomas kan ge henne några hundra pund i hemgift, och vi kommer att ha mindre godsägare krypande för henne i sin iver att bli förknippade med familjen Havers."

"Hmm." Clarice såg fundersam ut vid den tanken. "Jag antar att hon på så vis till och med skulle kunna vara till nytta. Jag ska fundera på vem som kan vara lämplig."

"Som du vill, mamma." Louisa tog upp sitt handarbete och återupptog sömnaden, sinnebilden av en väluppfostrad dam som fördriver sin tid ... medan hon lade till mer blod i jaktscenen på sin bild.

För andra gången inom ett år fann sig Ellen uppryckt med rötterna, men den här gången var hon på väg upp i världen.

Hon hade aldrig varit närmare Haverford Hall än att se det på avstånd när hon promenerade uppför Wyck Beacon, den förre earlen hade inte precis varit typen som välkomnade byborna till sitt hem. Det var verkligen magnifikt, tänkte hon när hon gick uppför allén, med Demelza vid sin sida som höll hennes hand, och John något före dem.

Thomas hade skickat en packkärra för att hämta hennes tillhörigheter och bjudit in paret Bledsloe att följa med henne på te, utan tvivel i hopp om att deras närvaro skulle kunna underlätta hennes övergång till att bo på herrgården. Han hade tittat förbi nästan varje dag under den föregående veckan, försäkrat henne om att grevinnan och lady Louisa var ivriga att välkomna henne till herrgården och frågat när hon kunde vara redo att flytta. Hans entusiasm var oemotståndlig, och Ellen fann sig själv ganska spänd på vad framtiden nu kunde föra med sig.

När de närmade sig herrgården fann Ellen dock att hon höll hårdare i Demelzas hand.

”Kom bara ihåg, du hör hemma här”, sa Demelza i dämpad ton när de gick upp mot de stora dörrarna. ”Du är uppkallad efter lady Eleanor, din farfarsmor, som föddes under just det här taket. Du har all rätt att vara här.”

Ellen drog in ett djupt andetag och klämde en sista gång innan hon släppte sin väns hand. Hon tänkte inte bli sedd klamrandes som ett barn vid sin amma.

Dörren öppnades nästan omedelbart efter Johns knackning och avslöjade en formellt klädd, sträng butler. Ellen visste vem han var, förstås; familjen Allsopp hade funnits i Haverford lika länge som adelsfamiljen de tjänade, och hon hade sett Allsopp i kyrkan vid många tillfällen.

"God eftermiddag, herr Bledsloe, fru Bledsloe", deklarerade Allsopp, och till Ellens förvåning bugade han sig för henne. "Ett mycket stort nöje att äntligen ha er här, fröken Bentley."

Log Allsopp? Omtumlad mumlade Ellen något ohörbart till svar. Hon hade inte ens trott att butlern med pokeransiktet *visste hur* man log.

"Familjen är samlad i den orientaliska salongen", informerade Allsopp dem. "Var snäll och tillåt mig att eskortera er dit."

Ännu en chock, Ellen skulle ha trott att den uppgiften skulle delegeras till en betjänt, men tydligen ansågs de – *hon* – vara en tillräckligt betydelsefull gäst för att förtjäna Allsopps personliga uppmärksamhet.

Thomas hoppade praktiskt taget upp på fötter när sällskapet trädde in i salongen, strålande av ett leende. "Där är ni ju!"

"Havers." Bledsloe skakade hans hand till hälsning, bugade sig formellt för grevinnan och lady Louisa, som reste sig. "Lady Havers, lady Louisa."

"Herr Bledsloe." Clarice nickade kungligt mot honom. "Jag kan inte erinra mig att er hustru någonsin har presenterats för mig."

Demelza var inte det minsta kuvad. "Vi har sett varandra många gånger i kyrkan, ers nåd", sa hon ganska torrt och neg i en bugning som bara precis var djup nog för att visa respekt för en pär.

Clarices leende såg ut som om det var påmålat, men hon sa inget mer när John presenterade Demelza för henne och Louisa. Louisa verkade åtminstone vänligare och sa:

"Ett nöje att få göra er bekantskap, fru Bledsloe."

"Likaledes, lady Louisa."

Ellen höll sig i bakgrunden och bet sig i läppen, men Thomas tänkte inte tillåta det. Han grep hennes hand, lade den på sin arm och ledde henne framåt.

"Jag vet att du vill förena dig med mig i att välkomna Ellen till vårt hem, faster."

"Självklart." Clarice böjde nådigt på huvudet. "Fast, Thomas käre, du måste verkligen komma ihåg att kalla henne fröken Bentley när vi har sällskap. Sannerligen, är alla amerikaner så informella?"

"De flesta av dem är betydligt mindre formella än jag, faster Clarice", svarade Thomas med ett skratt. "Betänk fördelarna, dock; eventuella fel i tilltal från min sida kommer inte att falla tillbaka på dig. Du kan ju beklaga för den förolämpade parten samtidigt som du informerar dem om att jag bara är en okunnig amerikan!"

Det fanns en tydlig skärpa i hans ord; Clarice, långt ifrån att acceptera tillrättavisningen, fnös bara. "Du *är* en earl. Antalet personer som med rätta skulle kunna bli förolämpade av någon informalitet i ditt tilltal är få. Jag tänkte bara på fröken Bentleys rykte. Överdriven familjaritet i tilltal måste undvikas för hennes skull, så att inga antaganden görs."

Louisa fnittrade bakom handen, och Thomas, som just skulle fråga vilka slags *antaganden* Clarice kunde mena, stängde sin mun. En ung dams rykte var av yttersta vikt, och i England var etikettsreglerna ännu striktare än i Amerika, det hade han redan listat ut.

"Ja, faster Clarice", sa han slutligen botfärdigt.

Ellen hade inte sagt ett ord sedan hon kom in i rummet. Hon utnyttjade tystnaden som nu uppstod till att niga och säga lågt:

"Jag är hedrad att få göra ers nåds bekantskap."

Clarice böjde kungligt på huvudet, innan hon lade huvudet på sned och betraktade Ellen eftertänksamt. "Ni har lite av Havers-dragen, men inte ögonen. Och Havers-näsan."

Ellens hand steg instinktivt för att röra vid den omnämnda detaljen, innan hon sänkte den igen. "Så har jag hört sägas."

"Jag har bara sett ett porträtt av din farfarsmor lady Eleanor som barn", inflikade Thomas, "men kanske finns det en bild av henne i senare år, någonstans i samlingen?"

"Du har helt rätt, kusin", sa Louisa och log sött mot Ellen. "Det hänger i musikrummet på bottenvåningen. Kusin Ellen, jag måste säga att ni är ganska slående lik henne. Förutom ögonen, förstås."

Ellen log tillbaka, lättad över att den andra flickan verkade benägen att vara vänlig. "Jag skulle gärna vilja se det, om ni skulle vilja visa mig, lady Louisa."

"Inte just nu, min kära, vi ska dricka te. Sitt här bredvid mig, om ni är snäll", sa Clarice, hennes tonfall gjorde det klart att hon gav en order. Thomas rynkade pannan åt sin faster, men Ellen gjorde ingen invändning, utan intog bara den anvisade platsen med ett leende på läpparna och varje tecken på att vara hedrad över att Clarice visade henne uppmärksamhet.

"Hur trivs ni i Gloucestershire, ers nåd?" frågade Demelza då. "Ni är medveten om, kanske, att Cotswolds anses vara en av Englands största skönheter? Finns det något som kan jämföras med dem i Amerika?"

Thomas log och vände sig mot henne. "Området är verkligen mycket vackert och helt annorlunda än vad jag är van vid. Amerika är vidsträckt och mycket varierat i sitt landskap, även om jag till min sorg måste säga att jag inte har rest så mycket i landet som jag skulle önska. Jag åkte dock en gång med min morfar för att se det stora vattenfallet vid Niagara, vilket var det mest spektakulära jag någonsin sett."

"Jag såg en teckning av fallet en gång", sa Ellen, något överraskande. "Är det inte där Bonapartes bror tillbringade sin smekmånad med sin första fru?"

Alla i rummet stirrade på henne. Ellens kinder rodnade. "Ibland brukade pappa visa mig tidningarna och diskutera saker med mig", mumlade hon.

”Damer av *börd* läser inte *tidningarna*, min kära”, sa Clarice nedlåtande.

Thomas såg Ellens ögon blixtra av uppror för ett ögonblick innan hon sänkte blicken mot sina händer, knäppta i knät. Han gav sig själv omedelbart ett tyst löfte att se till att Ellen fick möjlighet att läsa tidningarna närhelst hon önskade, och att diskutera dem med honom också. Hon hade förmodligen en mycket större förståelse för aktuella händelser i England än vad han hade.

”Är det sant att isberg flyter i havet?” Demelza bytte elegant ämne.

”Jag har hört det, men såg dem inte på min resa till England. Naturligtvis hade jag turen att göra överfarten mitt i sommaren; vinteröverfarter är mycket farligare, har jag förstått”, sa Thomas och vände sig till henne med ett leende.

Efter teet, där Thomas och Demelza förde samtalet utan att de andra bidrog nämnvärt, tog John och Demelza avsked och Clarice kallade på en piga för att visa Ellen till hennes rum medan Thomas följde John och Demelza ut .”Susan kommer att vara er personliga piga, fröken Bentley”, sa Clarice och pekade på flickan som neg så djupt att hennes knän nästan nuddade golvet. ”Hon är välutbildad som kammarjungfru. Jag litar på att ni kommer att finna henne till er belåtenhet.”

”Jag hade inte väntat mig en sådan generositet som att få en piga tilldelad mig alls, ers nåd”, sa Ellen. ”Det är faktiskt helt onödigt. Jag är ganska van vid att klara mig själv.”

Louisa fnittrade lite bakom handen; Clarice höjde bara hakan en aning. "Det skulle vara helt olämpligt", var allt hon sa, och samtalet var över.

KAPITEL FEM

HAVERFORD HALL VAR EN labyrint, upptäckte Ellen när hon följde Susan längs till synes ändlösa korridorer och upp och ner för flera korta trappavsatser. Hon visste att herrgården hade byggts i flera etapper, där den äldsta delen var från trettonhundratalet och efterföljande ägare hade byggt ut den tills den nådde sin nuvarande storlek. Utifrån såg huset någorlunda enhetligt ut; tre sidor av en fyrkant, allt byggt i gyllene cotswoldsten. Inuti var det något av en röra, åtminstone när man väl lämnade sällskapsrummen i husets främre del.

"Jag tror jag kan behöva en karta, Susan", sade hon i ett försök att skämta när de äntligen nådde hennes nya rum. Eller *rum*, som hon snart upptäckte när Susan öppnade dörren för att visa henne in; hon hade ett privat sällskapsrum, ett påklädningsrum och ett sovrum bortom det, allt möblerat långt mer lyxigt än något rum hon någonsin bott i under sitt liv. Hon såg sig omkring med vördnad och undrade hur hon någonsin skulle vänja sig vid sådan bekvämlighet.

"Ni kommer snart att hitta här, fröken Bentley", sade Susan blygt. "Dessutom har jag en säng i ert påklädningsrum.

Jag kan ledsaga er vart ni än vill gå tills ni känner er hemmastadd."

Tacksam för omtanken nickade Ellen. Susan hade redan packat upp hennes tillhörigheter, kunde hon se; hängt hennes fåtaliga klänningar i en av garderoberna. De såg torftiga och patetiska ut i det stora utrymmet, och det var bara en av garderoberna.

En knackning på dörren till sällskapsrummet fick Ellen att vända sig om; hon var halvvägs för att öppna själv när Susan skyndade förbi henne med panikslagna, uppspärrade ögon.

"Åh nej, fröken Bentley, ni måste låta mig öppna!"

Uppenbarligen förväntades hon inte göra något själv. Ellen fann sig i att undra vad exakt hon *förväntades* göra medan Susan öppnade dörren och avslöjade Thomas som stod utanför.

"Gillar du rummen?" frågade Thomas så snart Susan hade släppt in honom. "Jag tror att faster Clarice skulle ha placerat dig på vinden med kökspigorna om hon hade kunnat, men Louisa föreslog den här gästsviten. De kallar den för Gula rummet."

Ellen förstod varför; möblerna var alla klädda i en mjuk nyans av guldgult, vilket matchade sängens beslag och gardinerna vid fönstret. Lyckligtvis hade den som valt dekorationerna haft ett öga för finess och inte överdrivit med färgen; mattorna på golvet var mörkblå, vilket fick det guldgula att framträda vackert.

”Det är mycket vackra rum, tack så mycket”, sade hon ärligt. ”Långt pampigare än vad jag hade väntat mig. Jag tvivlar inte på att även tjänstefolkets rum på vinden är ganska bekväma.”

”Inte så mycket som jag skulle önska”, sade Thomas, ganska oväntat. ”Jag inspekterade dem i morse. Jag tänker inte låta min personal bo under torftiga förhållanden medan jag vältrar mig i lyx. Jag kommer att beställa flera nya sängar och stolar, och jag tänker instruera hushållerskan att se till att extra filtar finns tillgängliga för alla som ber om dem, och att tillräckligt med ved och kol till alla eldstäder också tillhandahålls. Jag har frusit, New York är bittert kallt på vintern, och jag vill inte att någon ska lida av det om jag kan förhindra det.”

Susan gav Thomas en blick som var närmast dyrkande. ”Det är mycket vänligt av er, ers nåd”, sade hon försagt. ”Jag delade ett av de rummen med min syster Agnes tills hennes nåd sade att jag skulle flytta in här och passa upp på fröken Bentley. Jag var riktigt orolig för att hon skulle frysa i vinter.”

”Ingen på Haverford Hall kommer att frysa i vinter, och det är ett löfte”, sade Thomas bestämt. ”Inte heller i byn Haverford, om jag får som jag vill. Ellen, det slår mig att du som prästdotter med största sannolikhet känner alla invånare och deras behov mycket bättre än min faster gör.”

”Jag tvivlar på att lady Havers känner någon med några *behov*”, sade Ellen oförsiktigt, innan hon slog handen för munnen. ”Jag ber om ursäkt. Det där borde jag inte ha sagt", mumlade hon genom fingrarna, med blossande röda kinder.

"Varför inte? Det är nästan säkert sant. Faster Clarice gör sitt yttersta för att endast umgås med societetens övre skikt; jag har känt henne i knappt en vecka och så mycket är helt uppenbart. Varken hon eller lady Louisa har någonsin besökt arrendatorerna, i välgörenhetssyfte eller annat, har jag förstått av hushållerskan, och jag måste säga att jag inte gillar det. Det stämmer inte överens med de historier farfar brukade berätta för mig om grevskapets ansvar; han berättade att han regelbundet brukade eskortera sin mor och sin syster på deras besök."

"Det skulle jag gärna vilja höra om", sade Ellen ivrigt. Hon sneglade på Susan, som förstod vinken.

"Kan jag ringa efter några förfriskningar till er, fröken Bentley, ers nåd?"

"Vi har just druckit te, tack ... vad heter du?"

"Susan, ers nåd", gav hon honom en djupt respektfull nigning.

"Kanske du bara kan sitta där borta vid dörren, som vi ska lämna öppen? För att vara förkläde åt lord Havers och mig om någon skulle råka gå förbi", föreslog Ellen. När hon såg Thomas förbryllade min, insåg hon att han inte förstod varför hon hade framfört önskemålet. "Vi kan inte tala enskilt i ett rum med stängd dörr", upplyste hon honom vänligt. "Även om vi är kusiner och jag tekniskt sett är din myndling."

"Jag förstår."

Hon var inte säker på att han gjorde det. Med tanke på vad hon misstänkte om lady Louisas avsikter gentemot honom, var hon inte heller säker på att hans faster och hans andra kusin kunde litas på att se till att han förstod alla de andra reglerna i den engelska fina societeten.

"Du skulle undgå klander, men mitt rykte skulle kunna bli oåterkalleligen skadat", varnade Ellen. "Du borde aldrig låta dig själv vara ensam med en ogift kvinna, Thomas, för att inte finna dig själv konfronterad av en arg far som är fast besluten att tvinga dig att gifta dig med henne. Jag har ingen sådan", hennes leende var sorgset, "så jag skulle bara bli ruinerad. Som släktingar har vi lite mer spelrum än de flesta, men du bör komma ihåg att det finns gott om damer som skulle försöka snärja dig till äktenskap. Du är förmögen, har en titel, är ung och stilig. Undvik att vara ensam någonstans."

"Så att inte en ung dam plötsligt gör mig sällskap, och vi blir funna tillsammans bara några ögonblick senare av en rasande far?" Thomas förstod vad Ellen menade. Han skakade på huvudet åt tanken på sådan manipulation och log plötsligt. "Du och jag får skydda varandra; du kan skydda mig från giftaslystna unga damer och jag kan skydda dig från de unga män som utan tvekan kommer att svärma kring dig!"

Ellen blinkade. "Vilka unga män?"

"När vi åker till London, förstås."

”London?” Hon stirrade vantroget på honom. ”Vad menar du med, när *vi* åker till London?”

Thomas öppnade och stängde munnen flera gånger och fick till slut ett ganska fåraktigt uttryck. ”I allt ståhej med att få dig flyttad hit, inser jag just att jag har försummat att underrätta dig om de planer min faster har gjort”, sade han. ”Lilla säsongen pågår för närvarande, och hon anser att det nu skulle vara en bra tid för mig att få känna på societetslivets djupa vatten i London. Hushållet kommer att flytta till Havers stadsresidens i Belgravia om tio dagar.”

Ellen var tyst en liten stund och övervägde saken. Det var tydligt att hennes alternativ var begränsade; hon antog att om hon ställde till med tillräckligt mycket bråk, skulle hon kanske tillåtas att bo hos John och Demelza medan de andra åkte till London, men om hon skulle vara ärlig, hade hon alltid drömt om att få se huvudstaden.

”Vi är fortfarande i sorg”, sade hon till slut, medveten om att det var en klen ursäkt.

”Sant, men det har gått mer än ett halvår. Faster Clarice och Louisa har lagt undan sina svarta och gråa kläder till förmån för violett och lavendelblått; du skulle kunna göra detsamma.” Han gav henne ett uppmuntrande leende. ”Du skulle se charmerande ut i lavendelblått.”

Hon skrattade och tänkte på innehållet i sin garderob. Varje klänning hon hade var en som hon hade sytt om, antingen från en av sin mors eller en av sina egna. De flesta var svarta, färgade från sina ursprungliga färger när hon gick in i sorgeperioden. De andra var omsorgsfullt sparade i väntan på den dag hon skulle lägga av den. Det fanns inget lavendelblått eller violett bland dem. Inte heller kunde hon låna något från Louisa eller lady Havers, även om de skulle ha lånat ut till henne; hon var en handsbredd längre än någon av dem, och vilken som helst av deras klänningar skulle visa alldeles för mycket av anklarna på henne.

"Vad är det som är roligt?" Thomas gav henne en frågande blick.

"Jag har inget lämpligt att visa mig i i London, kusin. Mina klänningar stämplar mig som den fattiga släktingen här; där kommer det att antas att jag är en tjänare knuten till ditt hushåll." Hon gav honom en direkt blick. "Du vet mycket väl att jag är medellös, så vad är din plan?"

"Du och jag kommer båda att behöva nya garderober", svarade Thomas, till synes obekymrad. "Modet är något annorlunda i London än i New York, tror jag, och jag önskar inte framstå som den obildade kolonialen. Faster Clarice och Louisa planerar redan att beställa nya klänningar åt sig själva; alla räkningar kommer att skickas till mig. Jag tvivlar inte på att faster Clarice med glädje kommer att ge dig råd om vad du bör beställa."

Ellen kände sig inte alls lika säker på det, men återigen, hon antog att hon inte hade mycket till val. *Se det som ett äventyr,* sade hon till sig själv. *Hur många gånger dagdrömde du inte om att åka till London, om att se platser du bara har läst om i böcker och tidningar?*

"Jag måste säga att jag ser mycket fram emot att se London", sade Thomas och upprepade omedvetet hennes tankar. "Jag har läst så mycket om det!"

Ellen stärkte sig med tanken på det kommande äventyret, alla nya platser hon skulle få se, och log beslutsamt mot honom. "Det gör jag också, Thomas. Säg mig, vad vill du se först?"

KAPITEL SEX

Ellen kunde knappt tro hur mycket bagage lady Clarice tycktes anse nödvändigt för att flytta hushållet till London under några veckor. Koffert efter koffert packades och lastades på en veritabel procession av bagagekärror, trots att både Clarice och Louisa ständigt diskuterade de helt nya garderober de planerade att beställa åt sig själva så snart de kommit fram till staden.

Thomas sade faktiskt rent ut vad Ellen tänkte när han kastade en förfärad blick över berget av koffertar som redan spännts fast på en av kärrorna.

”Vad tänker du göra med alla de här sakerna, faster? Du har packat tillräckligt med kläder för att kunna bära tre olika utstyrslar varje dag i London. Ska jag tolka det som att du inte tänker besöka modisterna trots allt?”

Clarice såg ner på honom längs sin långa näsa och fnös avvisande. ”Du vet ingenting om modet i London, Thomas, och inte heller om vad som krävs för att se till att vår familj förblir i de förnämsta societetskretsarna.”

”Sant”, medgav Thomas med en suck. ”Mycket väl, faster Clarice. Gör som du anser lämpligt.”

”Det ska jag.” Hon vände bort huvudet från honom och ropade: ”Var försiktig med den där hattasken, karl! Min favorithatt ligger i den!”

”Ja, ers nåd”, svarade den olycksalige betjänten hon tilltalade.

”Kom”, sade Ellen och rörde vid Thomas arm. ”Vill du promenera med mig, kusin?”

”Ja, jag tror att en promenad skulle vara precis vad som behövs just nu.” Thomas skakade på huvudet. ”Allt det här ...Jag packade mina kläder och flyttade mellan *kontinenter* med bara några dagars varsel, utan någon förväntan om att någonsin återvända till mitt gamla hem. Allt jag absolut, ovillkorligen inte kunde leva utan rymdes i bara två koffertar.”

Ellen sade ingenting när de gick längs en av de slingrande stigarna som ledde genom herrgårdens berömda rosenträdgård. Alla hennes tillhörigheter, värdefulla eller ej, hade inte fyllt den enda koffert hon lånat av Demelza för att transportera dem till herrgården. Hon kunde inte ens föreställa sig att äga så många vackra klänningar som Louisa och Clarice ägde, än mindre att önska sig fler.

”Ser du fram emot London?” frågade Thomas. ”Att få några nya klänningar och träffa nya människor?”

”Jag bryr mig inte särskilt mycket om nya klänningar”, sade Ellen, ”även om lady Havers insisterar på att jag måste ha dem, och jag kommer att följa hennes råd i den frågan. Jag skulle inte för allt i världen vilja dra skam över familjen, även om jag i sanning är en fattig släkting.”

”Du är *inte* en fattig släkting”, sade Thomas bestämt. ”Du är en av de enda levande medlemmarna av familjen Havers.”

”Den fattigaste.”

”För tillfället.” Han log hemlighetsfullt och ville inte säga mer, inte ens när Ellen pressade honom. De hade blivit ganska goda vänner under de få dagar hon hade bott på herrgården. Det visade sig att de båda tyckte om att stiga upp tidigt på morgonen och regelbundet stötte på varandra i frukostrummet. Thomas hade överraskat henne redan första dagen genom att fråga om hon ville se biblioteket. Ellen tackade ivrigt ja och blev förtjust när han helt nonchalant pekade på ett bord i det stora rummet och anmärkte att tidningarna alltid lämnades där när han hade läst igenom dem.

”Allsopp har instruktioner om att inte göra sig av med dem på sju dagar”, noterade Thomas, ”ifall jag skulle komma på något jag vill läsa igen, förstås.”

”Förstås”, upprepade Ellen förundrat och såg sig omkring i biblioteket. Hon hade aldrig kunnat föreställa sig att så många böcker ens kunde existera, än mindre förvaras alla i ett och samma rum. Det måste finnas tusentals volymer på ekhyllorna.

Thomas följde hennes blick och sade: ”Det verkar som om den förre earlen var en oförbätterlig läsare. Stora delar av samlingen tillkom under hans livstid, har jag förstått. Du får gärna låna vilken bok som helst som faller dig i smaken, Ellen.”

Han anade inte vidden av den gåva han just hade gett henne, visste Ellen. Hon kunde inte uttrycka sin tacksamhet på ett fullgott sätt, men hon försökte och stakade sig över orden tills Thomas tog hennes hand i sin och tryckte lätt med fingrarna.

"Haverford Hall är ditt hem nu, Ellen. Det här är lika mycket ditt bibliotek som mitt. Du behöver inte tacka mig."

Hon visste att han hade fel i det, men han ville inte höra hennes utrop utan skakade bara på huvudet och sade att han skulle lämna henne att i lugn och ro se sig omkring.

Varje morgon sedan dess hade de ätit frukost tillsammans och Thomas tog sig tid att fråga henne vad hon läste och diskutera det med henne. Ellen hade upptäckt att han var mycket beläst; tydligen hade han studerat vid det amerikanska universitetet Harvard, som amerikanerna ansåg vara minst lika bra som Oxford eller Cambridge. Inte heller avfärdade han hennes åsikter bara på grund av hennes kön, vilket var en ny erfarenhet för henne. Till och med hennes far hade ibland sagt till henne att hon omöjligen kunde förstå något enbart för att hon var kvinna.

Ellen hoppades att de skulle kunna fortsätta sin morgonrutin i London. "Finns det ett bibliotek i Londonhuset?" kom hon på att fråga när hon och Thomas vände om på sin promenad för att återvända till herrgården.

"Jag skulle bli mycket förvånad om det inte gör det, även om det kanske inte är lika omfattande som det här på herrgården. Men tänk på vilka möjligheter till shopping London erbjuder! Jag tvivlar inte på att det kommer att finnas gott om bokhandlar; om vi finner biblioteket i stadsvåningen otillräckligt, kommer vi att ha gott om tillfällen att förbättra det."

Ellen log åt hans entusiasm. "Du kommer säkert att vara alltför upptagen med att gå med i herrklubbar och hålla tal i överhuset."

"Hur ska jag kunna bidra på ett förnuftigt sätt i överhuset om jag inte läser nyheterna och diskuterar dem med dig, Ellen?" Thomas skrattade åt henne. "Dessutom är jag inte alltför säker på att engelska gentlemän kommer att vara intresserade av att umgås med en ohyfsad amerikan."

Han var nervös, insåg Ellen med misstro. "Självklart kommer de att vara det", sade hon kraftfullt, "alla grannskapets adelsmän som har kommit för att träffa dig har varit mycket vänliga."

Haverford Hall hade varit rentav översvämmat av alla som kunde komma på en god ursäkt att göra ett besök, alla ivriga att träffa och ställa sig in hos den nye earlen. Thomas hade insisterat på att även presentera Ellen för alla, trots att många av dem redan kände henne och såg snett på att Thomas presenterade henne som sin kusin, jämlik med lady Louisa. Ingen av dem ville dock förolämpa Thomas, så de var alla artiga, åtminstone offentligt, även om hon hade sett några hånfulla blickar riktas mot henne när Thomas uppmärksamhet var på annat håll.

"Bagagekärrorna är klara att avfärdas, ers nåd, med ert godkännande", mötte Allsopp dem när de åter trädde in i herrgården.

"Självklart, om allt min faster vill ha är packat", nickade Thomas instämmande. Kärrorna skickades i förväg så att allt redan skulle finnas i London när de anlände; familjen skulle inte ge sig av förrän nästa morgon och planerade att resa i två dagar. Lady Clarice hade redan ordnat så att de skulle övernatta hos adliga familjer som bodde längs deras väg. Det skulle inte bli några vägkrogar för familjen Havers; när Thomas hade frågat vilka värdshus de skulle kontakta för att boka rum för att dela upp resan, hade han trott att Clarice skulle svimma av fasa.

"Ett värdshus!" hade hon skrikit. "Med vanligt folk ... och ohyra ... och vem vet vilken fasansfull mat vi skulle bli serverade! Över min döda kropp skulle jag låta min Louisa sätta sin fot på ett sådant ställe!"

Ellen såg inte särskilt fram emot att tillbringa två dagar i en vagn i sällskap med lady Clarice och lady Louisa. Thomas hade redan meddelat sin avsikt att rida på sin hingst under större delen av resan, åtminstone så länge vädret höll sig vackert, och hon avundades honom det alternativet. Ellen tittade upp mot himlen när de gick in i herrgården och bad en tyst bön om regn. Thomas närvaro i vagnen skulle göra resan betydligt mer uthärdlig. Clarice och Louisa kritiserade henne inte direkt, men hon kände sig alltid som om hon blev dömd och funnen bristfällig när deras kalla blå ögon föll på henne.

Å andra sidan lockade inte tanken på att sitta i vagnen och se Thomas och Louisa kasta trånande blickar på varandra särskilt mycket heller.

Hon gick ner till byn den eftermiddagen för att besöka John och Demelza och ta farväl av dem före sin resa. En betjänt och hennes kammarjungfru följde med henne och väntade på att få följa henne tillbaka; trots Ellens skrattande protester om att hon hade promenerat ensam över hela Haverford sedan hon slutat med ledtyglar, hade Thomas i denna fråga ställt sig på lady Clarices sida, som hade slagit ut med händerna i fasa vid tanken. Så Ellen gjorde bara sitt bästa för att låtsas att de två tjänarna inte var där, gick före och nynnade sakta för sig själv, njutande av den krispiga luften under den behagliga septemberdagen.

"Ellen!" utbrast Demelza över henne med all sin sedvanliga värme, men hennes skarpa ögon upptäckte snabbt att något bekymrade hennes yngre vän. Hon avledde sina barn med löften om kaka om en halvtimme om de ville leka tyst tills dess, och drog med sig Ellen in i salongen och stängde dörren. "Kära du, vad är det som är på tok?"

Ellen försökte protestera och säga att allt var bra, men hon bröt samman under trycket av Demelzas genuina, milda omtanke, och det slutade med att hon bekände alla sina rädslor och bekymmer inför resan till London.

"... och jag bara *vet* att alla kommer att titta på mig och se mig för den fattiga lantliga kusin jag är", avslutade Ellen till slut, och Demelza reste sig och gav henne en varm, tröstande omfamning.

"De kommer att se dig för den charmerande, omtänksamma, vackra unga kvinna du är", försäkrade hon. "Du kommer att göra succé i London, Ellen; jag tvivlar inte på att du kommer tillbaka förlovad med en hertig eller någon annan fruktansvärt viktig person som har insett att du är en skatt utan like."

Ellen skrattade genom klumpen i halsen. "Jag tror inte att jag skulle bli en särskilt bra hertiginna."

"Du skulle vara magnifik", sade Demelza lojalt. "Du *kommer* att vara magnifik. Lovar du att du skriver och berättar allt för mig?"

"Jag ska skriva så ofta att du kommer att spendera hela din hushållskassa på att betala portot och skriva tillbaka och be mig sluta." Ellen fick hålla tillbaka tårarna när Demelza kramade henne hårt.

"Aldrig", lovade Demelza. "John skulle aldrig missunna mig dina brev, käraste. Du ska skriva så mycket du vill, och jag ska skriva tillbaka, även om våra tråkiga liv kommer att vara av föga intresse."

"Åh, säg aldrig så", log Ellen genom sina tårfyllda ögon. "Din återgivning av pojkarnas upptåg kommer att hålla mig mycket road, det är jag säker på!"

En krasch i rummet bredvid fick dem båda att rycka till. "På tal om det", sade Demelza med en suck, "jag visste att det var för bra för att vara sant."

"Kom, de är ivriga att få sin kaka, och du har lugnat mig." Ellen log modigt, och hennes väninna tog hennes hand och klämde den.

"Det kommer att gå bra, käraste. Var bara dig själv, så kommer du snart att få vänner."

Ellen kunde bara hoppas att Demelza hade rätt.

KAPITEL SJU

HAVERS HOUSE I LONDON var lika praktfullt som Haverford Hall, men tack och lov inte i en lika storslagen skala. Susan hade tacksamt nog fått tillåtelse att följa med henne, så Ellen kände sig inte helt utan vänner, och personalen på Havers House visade sig vara precis lika vänlig och välkomnande som den på herrgården – åtminstone när de inte var under lady Clarice skarpa uppsikt. Ingen vågade ens dra på munnen om hon tittade.

Det var uppenbart att Clarice och Louisa, om de hade fått lov, skulle ha ignorerat Ellen och lämnat henne i sitt rum när de gick ut, men Thomas gjorde sina förväntningar mer än tydliga. Ellen skulle förses med en ny, modern garderob och hon skulle följa med Clarice och Louisa på alla evenemang de blev bjudna till.

"I så fall kan vi inte tacka ja till några inbjudningar på minst en vecka", fnös Clarice föraktfullt, "för Ellen har inte ett enda plagg som hon kan visa sig i, och jag tänker inte låta henne dra skam över familjen. Det kommer att ta sömmerskan minst en vecka att sy upp en ny klänning eller två!"

”Finns det ingen som har något färdigsytt som kan levereras snabbare?”, frågade Thomas.

”Färdigsytt! Kasserat av andra damer för att det är av sämre kvalitet eller inte följer det senaste modet, menar ni!”, hennes röst steg till ett gällt skrik.

”Ah. Nåväl. I så fall.” Thomas gav Ellen en lätt jagad blick och hon log ner i sin tekopp. ”Naturligtvis förlitar vi oss på er expertis, faster Clarice.”

”Det måste ni minsann.” Clarice harklade sig, och hennes kränkta stolthet var tydligt på väg att lägga sig. ”Vi ska till sömmerskan det första vi gör i morgon. Och det är inte bara nya klänningar, förstår ni; vi måste ha skor och handskar och hattar och ... kanske några juveler?”

Thomas öppnade munnen och stängde den igen, och Ellen undrade vad han hade tänkt säga. Han snörpte på munnen och nickade. ”Jag ska ordna med juvelerna. Några enkla saker, Ellen?”

”Ja, tack”, sade hon tacksamt. ”Jag bär ju fortfarande halvsorg.”

”Vilket är så tråkigt”, inflikade Louisa. ”Även om lavendel klär mig är jag så innerligt trött på den färgen.”

”Tre månader till, min kära, och du kan få alla klara färger du önskar. Kanske vi skulle titta på att lägga några beställningar redan nu”, sade Clarice tankfullt.

”Absolut inte, modet kommer att ha ändrats om tre månader, mor!”, utropade Louisa avmätt. Sedan smalnade hennes ögon. "Fast vi kanske skulle kunna köpa några av de finaste tygerna och lägga undan dem till senare."

"En utmärkt idé", instämde Clarice. "Då kommer ingen annan att ha dem!"

Thomas mötte Ellens blick igen, och hon kunde se att han undertryckte ett skratt. Hon dolde sitt eget leende bakom koppen igen, men det bleknade när hon tänkte på att Thomas åtminstone kunde undfly Clarice och Louisas snobbighet när han ville, medan hon var fången och utlämnad åt deras nycker.

"Vad var det du inte sade?", frågade hon Thomas tyst när de båda lämnade matsalen. "När faster Clarice sade att jag behövde juveler."

"Ah." Han gav henne en skuldmedveten blick. "Jag skulle just säga något som kunde ha orsakat ett rejält utbrott, och tänkte om. Även om det är något jag anser att du har rätt till ... tror jag inte att faster Clarice skulle se det på det sättet."

"Nu är du allt hemlighetsfull, Thomas, berätta!", hon nöp honom lätt i armen och han skrattade.

"Jag tänkte föreslå att hon skulle öppna Havers juvelskrin och dela med sig av några av dem till dig. I egenskap av grevinna verkar min farbror ha gett henne vårdnaden om det utan restriktioner, och jag kan knappast be henne lämna tillbaka det när jag inte har någon *ny* grevinna att ge det till."

"Självklart. Jag förstår helt och hållet, och jag är säker på att allting därinne skulle vara för storslaget för mig. Jag har ett pärlhalsband från mamma som jag tycker mycket om och ändå skulle föredra att bära." Hon lyfte stolt på hakan. "Jag behöver inte att du köper något till mig."

"Kanske inte", sade han med mild röst, "men det är ett nöje för mig att göra det, Ellen, och som jag har sagt förut anser jag att det inte är mer än vad du förtjänar av grevskapet. Bär din mors pärlor ... och jag köper dig några örhängen och ett armband eller två och kanske en brosch som passar till dem."

Om det hade varit någon annan skulle hennes stolthet aldrig ha tillåtit henne att tacka ja, men detta var Thomas, och han var redan den absolut bästa vän hon någonsin hade haft. Han var snäll, omtänksam och mild, tog hänsyn till allas känslor, oavsett om de var medlemmar i hans familj eller den enklaste tjänaren på Haverford Hall.

Ellen trodde inte att ens hennes föräldrar, hur kärleksfulla de än hade varit, hade lyssnat så uppmärksamt närhelst hon talade. Thomas lyssnade som om det inte fanns någon annan i världen han hellre ville tala med. Som om hennes åsikter betydde något, som om *hon* betydde något. De hade haft långa samtal om Haverford och dess invånare; han påstod att hon var den absolut bästa informationskällan han kunde ha, och hon medgav att det kanske inte var alltför långt från sanningen. Louisa och Clarice hade knappt nedlåtit sig till att uppmärksamma någon från byn, medan Ellen hade umgåtts med dem alla i kyrkan, och de flesta av dem hade någon gång sökt råd hos endera av hennes föräldrar. Ellen kände dem, kände till deras behov och bekymmer, deras liv och svårigheter. Hon visste vem som var släkt med vem, vem som var ovän med vem och vem som var både och, och i de flesta fall även historierna bakom deras fejder.

Även om Thomas bara hade varit på Haverford Hall i några dagar hade han redan börjat sätta planer i verket. Män kallades in för att arbeta, för att byta ut ruttnande halmtak och laga sönderfallande murar på arrendatorernas stugor som inte hade sett något underhåll på en generation.

John hade tittat förbi en eller två gånger för att diskutera juridiska frågor, och nämnde tyst för Ellen att ingen i byn kunde ha ett ont ord att säga om Thomas. Och han hade lämnat John med befogenhet att hantera alla smärre ärenden som kunde uppstå medan familjen var i London, så att ingen skulle behöva lida i väntan på att brev skulle skickas fram och tillbaka.

"Du är så väldigt snäll, Thomas", sade hon mjukt, "och jag skulle älska att få några örhängen."

"Och armband, och en brosch. Kanske en hårnål eller två." Han flinade ogenerat mot henne, och hon kunde inte låta bli att skratta.

"Med tanke på hur många klänningar faster Clarice hävdar att jag måste ha, som du alla kommer att betala för, antar jag att en hårnål eller två inte kommer att göra någon större skillnad för din plånbok!"

"Min plånbok tål vilken utgift du än kan tänkas göra. Det lovar jag."

Ellen stod på en låda med sömmerskan som nålade fast
tyg runt henne för den femte – eller var det den sjätte?
– vardagsklänning som Clarice insisterade på att hon be-
hövde. Och detta var efter att tre balklänningar hade
beställts, plus en riddräkt, tre promenadklänningar och
fler underkläder än hon kunde bära på en månad.

”Fröken klär mycket bra i den här färgen”, mumlade söm-
merskan, ”men det är synd att ni fortfarande bär halvsorg.
Jag har en underbar gul muslin som kommer att bli vacker
på er när sorgen är över.”

”Gult är min favoritfärg”, sade Louisa surt. ”Vi kan inte
båda bära gult. Jag tycker inte om rosa. Ni kan ha på er
rosa, Ellen.”

Ellen blinkade. Hon tittade på raden av tygbalar som ställts
åt sidan, som Louisa alla hade reserverat för sig själv, för när
hon var ur sorgen. Blått, grönt, orange och ja, gult, men
det fanns ingen anledning till varför de någonsin skulle
bära det samtidigt, om inte Ellen bara fick bära gult och
ingenting annat.

”Jag tycker om rosa”, sade hon tyst.

Det var inte värt att bråka om. Hon tyckte om rosa. Hon
var inte redo att bära det ännu, och hon var inte säker på
att tre månader till skulle vara tillräckligt för att hon skulle
känna sig redo att lägga av sig sorgen heller, men hon var

ganska säker på att Clarice inte skulle ge henne mycket till val i den frågan.

”Nåväl, om ni verkligen kan få de första klänningarna levererade på fredag, kommer vi att kunna tacka ja till en inbjudan jag har fått för lördag kväll”, sade Clarice till sömmerskan och såg nöjd ut.

”Självklart, ers nåd. Om det bara gällde fröken Bentleys klänningar, skulle jag kunna få en levererad i morgon ...”

”Nej, nej”, sade Clarice snabbt. ”Jag tänker inte låta fröken Bentley bära en ny klänning medan lady Louisa har en från förra säsongen, det skulle inte duga alls, det måste ni förstå!”

”Som ni behagar, ers nåd”, neg sömmerskan, men Ellen såg det lätta hånleendet när hon böjde på huvudet. ”Bortskämd”, mumlade kvinnan när hon försvann bakom ett draperi in i butikens bakre del, för tyst för att Clarice eller Louisa skulle höra.

Ellen var inte oense. Hon kunde bara föreställa sig det raserianfall som kunde ha följt om en ny klänning hade levererats till Ellen medan Louisa ännu inte hade fått någon. För varje plagg Clarice hade insisterat på att Ellen behövde, hade Louisa krävt två till sig själv.

”Vad är det för tillställning vi är bjudna till på lördag, faster Clarice?”, frågade Ellen när de äntligen var tillbaka i vagnen, även om de ännu inte var på väg hem, då ett besök hos modisten skulle ske först.

"Bara en liten fest med vänner", sade Clarice med en liten fnysning och fäste en hård blick på Ellen. "Jag måste se hur ni för er i en liten sammankomst innan vi vågar utsätta er för societetens elit i stort, min flicka. Om ni måste ta lektioner i etikett och dans för att inte skämma ut oss, så får det bli så."

Det fanns lite Ellen kunde säga till det. Hon visste hur man dansade, eller trodde att hon gjorde det, efter att ha deltagit i flera offentliga baler och en eller två privata baler sedan hon fyllde arton, men om hon skulle duga bland societetens elit återstod att se.

"Jag ska försöka att inte dra skam över er, faster Clarice", sade hon tyst. "Och om ni anser att jag behöver ytterligare undervisning kommer jag självklart att göra mitt bästa för att lära mig snabbt."

"Ni är åtminstone saktmodig och lydig", sade Clarice med en ny fnysning. "Jag kan säkert hitta en make åt er som vill ha en tystlåten hustru. En änkling med några barn att uppfostra, kanske."

"Åh ja", sade Louisa med ett föraktfullt skratt. "Jag skulle inte vilja ha en man som redan har barn. Ellen kan få alla de friarna hon behagar!"

"Tänk om ni skulle bli kär i någon som redan har barn, kusin Louisa?", frågade Ellen nyfiket. "Skulle ni inte ändra er då?"

Louisa stirrade på henne som om Ellen plötsligt hade börjat tala grekiska. "Kärlek?", utropade hon föraktfullt. "Vad har *kärlek* med saken att göra? Vilket fullständigt nonsens ni pratar! Håll bara tyst, Ellen, annars kommer alla att tro att ni är en dumbom och inte ens änklingarna kommer att bry sig om er!"

Krossad tystnade Ellen och vågade inte säga något mer. Hon lutade sig mot sidan av vagnen och såg Londons landskap passera förbi, medan Demelzas ord återigen ekade i hennes sinne.

*"Det kommer att gå bra, min kära. Var bara dig själv, så kommer du snart att få vänner. ""*Jag hoppas det", viskade hon, mycket tyst. "Jag hoppas verkligen det."

KAPITEL ÅTTA
Två veckor senare

Demelzas ord kom tillbaka till Ellen än en gång när hon såg sig omkring i den fullsatta balsalen, och hon log uppgivet. Hennes väninna hade aldrig ens varit i London, hade ingen aning om societeten och dess seder. Skönhet, rikedom och förbindelser var den enda valuta som *eliten* erkände, och Ellen hade inget av de två första och föga av det sista. Den första kvällen, iklädd en av sina nya klänningar, hade hon verkligen känt sig som en prinsessa när hon trädde in i balsalen, bara ett steg bakom Louisa.

Vid kvällens slut hade dock fjällen sannerligen fallit från hennes ögon. Thomas var den ende man som hade bjudit upp Ellen, medan Louisa ständigt var omgiven av en skara herrar, tre led djup, som högljutt tävlade om hennes uppmärksamhet. Ingen av dem hade ägnat Ellen mer än en andra blick.

Denna kväll var den tredje balen hon bevistade som en del av familjen Havers, och hon hade fortfarande bara dansat pliktdanser med Thomas.

Medan hon smuttade på en kopp punsch, som hon hade tvingats be en betjänt att hämta åt henne, slog det Ellen att hon i själva verket var en bekräftad panelhöna. Förvisad till rummets utkanter, där matronor satt på obekväma stolar och skvallrade om den samlade skaran, kunde hon lika gärna ha varit osynlig.

Med en tyst suck fann Ellen en plats att sitta på. Hennes nya dansskor klämde om tårna och hon var glad över att få sitta ner och vila fötterna.

"Goddag", sade en vänlig röst, och hon såg åt vänster och spärrade upp ögonen när hon tog in skönheten hos kvinnan som satt bredvid henne. Runt samma ålder som Ellen själv, gissade hon, damen bar en klänning enligt högsta mode, en choker av ofattbart stora diamanter runt sin smala hals, och en massa djupt röda lockar konstfullt arrangerade på hjässan.

"Öh, goddag", stammade Ellen, en aning slagen av beundran inför damens skönhet. Varför i hela världen satt någon som såg ut som *hon* ensam vid sidan av rummet och inledde samtal med fullkomliga främlingar? Hon borde vara på dansgolvet och bli uppvaktad av en hord beundrare, ännu större än Louisas.

En stilig ung herre stannade framför dem och bugade sig oklanderligt för damen. "Får jag be er om en dans, Lady Creighton?"

Damens leende försvann omedelbart. "Tack, jag önskar inte dansa", sade hon utan att möta hans blick.

"Får jag hämta något åt er? Ett glas punsch?"

"Jag tackar er, nej." Demonstrativt lyfte Lady Creighton sin solfjäder, slog upp den och vände huvudet åt sidan, såg på Ellen och dolde sitt ansikte för herren. Han bugade sig, med sorgsen min, innan han backade undan.

"Kände ni honom?" frågade Ellen impulsivt.

"Bara flyktigt", sade Lady Creighton med en suck, sänkte sin solfjäder och kontrollerade att herren verkligen hade lämnat dem ifred. Hennes fot stampade takten till musiken, såg Ellen.

"Men ni ville inte dansa med honom?" Nyfikenheten väcktes, och Ellen insåg mycket väl att hon var oförskämd, men hon kunde inte hjälpa det.

"Jag har inte tillåtelse att dansa med någon annan än min make", sade Lady Creighton med ännu en suck, "eller att samtala med någon herre när jag inte är i hans närvaro."

Ellens ögon vidgades av chock. "Jag... förstår", sade hon till sist och tänkte att damens make måste vara mycket svartsjuk.

"Så jag finner tillställningar som denna förfärligt tråkiga, eftersom min make vanligtvis efter den första dansen överger mig åt mitt öde och beger sig till kortspelsrummet."

Lady Creighton var ensam, insåg Ellen. Hon gav henne ett vänligt leende. "Men han har inga invändningar mot att ni samtalar med andra damer?"

"Lyckligtvis inte. Jag är förresten Marianne."

”Ellen Bentley... Lady Creighton?”

”Grevinnan av Creighton, för mina synders skull.” Mariannes leende var trött. ”Det är ett nöje att stifta er bekantskap, miss Bentley. Dansar ni inte ikväll?”

”Jag dansade visst”, sade Ellen lite defensivt. ”Den andra dansen, med min kusin, greven av Havers.”

”Vad trevligt.”

”...Och sedan dess har ingen bjudit upp mig”, bekände Ellen. ”Jag är en panelhöna, är jag rädd.”

”Vilket är ganska löjligt, för ni är mycket vacker, och kusin till en greve.”

”Den fattiga släktingen, dessvärre”, Ellen log som tack för komplimangen, men hon kunde inte helt dölja sin sårade känsla. Thomas hade ju lovat att hon skulle behandlas jämlikt med resten av familjen Havers. Hon kunde dock knappast skylla på honom för hur andra människor behandlade henne, och hur skulle han kunna veta? Han kom från Amerika och var inte mer förtrogen med Londons societet och dess oskrivna regler än hon.

Marianne lade huvudet på sned av nyfikenhet. ”Vad spelar det för roll?”

”Jag är ledsen, men jag förstår inte vad ni menar.”

”Tillåt mig att dela med mig av en historia”, sade Marianne. ”Det var en gång en herre med den olyckliga vanan att förlora vid spelborden. Utan några särskilda egna förbindelser hade han tillträde till de högre societetskretsarna genom sin hustrus familj.”

Fängslad och undrande vem herren i berättelsen var, lyssnade Ellen i tystnad.

”En dag satte sig herren ner för ett kortparti på sin klubb, vilket var särskilt ödesdigert. Vid slutet av det hade han förlorat varje ägodel han någonsin ägt, och hans motståndare höll i skuldebrev han aldrig kunde hoppas på att uppfylla. Han var en fattiglapp. Desperat vände han sig till den enda förbindelse han hade som kunde erbjuda honom hjälp i sin nöd; hans avlidna hustrus kusin, greven av Creighton.” Mariannes vackra ansikte var uttryckslöst när hon fortsatte. ”Herren hade bara en sak kvar att erbjuda greven; sin artonåriga dotter, som ansågs vara en mycket vacker flicka av alla som såg henne. Hennes första säsong i London höll verkligen på att bli en dundrande succé. Fröken Abingdon uppvaktades av ett stort antal lämpliga herrar, som alla var villiga att överse med hennes brist på hemgift och hennes fars välkända vanor. Deras frierier blev dock alla om intet, då mr Abingdon accepterade greven av Creightons anbud.”

Mariannes uttryck var fjärran när hon avslutade sin lilla berättelse. Ellen visste inte riktigt vad hon skulle säga. Fröken Abingdon var uppenbarligen Marianne själv.

”Så, förstår ni”, sade Marianne efter några ögonblicks tystnad, ”rikedom och förbindelser krävs inte för att fånga en make, inte ens en av de rikaste och högst titulerade i landet. Det finns gott om herrar där ute med egna förmögenheter, som styr över sina egna öden, och jag kan inte alls förstå varför inte några av dem ser på er och ser en förtjusande ung kvinna som skulle bli någon lycklig herre en utmärkt hustru."

Så uttryckt, antog Ellen att det var lite underligt att ingen alls närmade sig henne. Det fanns gott om flickor som var alldagligare än hon, med inte större rikedom och i många fall sämre familj, som regelbundet syntes på dansgolvet på armen av lämpliga unga män.

"Till och med miss Brightling dansar mer än ni, och hon lider av skelögdhet, utstående tänder och en omättlig aptit för sötsaker som gett henne ett omfång likt en hästs", sade Marianne, träffande om än lite elakt. "Varför presenterar Lady Havers er inte för några av de unga män som surrar kring hennes dotter? Det skulle inte finnas tillräckligt med danser för att Lady Louisa skulle kunna ge dem en var, även om denna bal varade till i morgon kväll."

"Jag antar... att Lady Havers kanske inte vill att jag ska distrahera från Louisas rampljus?" sade Ellen osäkert. Fast hon var inte säker på varför Louisa överhuvudtaget behövde uppvaktare; hennes försök att fånga Thomas hade varit både uppenbara och tydligen framgångsrika. Thomas stod just nu och blängde svartsjukt på Louisas grupp. Stackars Thomas; varje gång Louisa log mot en av sina beundrare såg han ytterst bedrövad ut. Ellen önskade att hon kunde säga eller göra något för att trösta honom.

"Greven måste sluta tråna efter Lady Louisa och börja stifta bekantskaper i sin egen sociala krets", sade Marianne. "Jag är rädd att jag inte får tala med honom för att åstadkomma presentationer, men det finns några damer som jag skulle kunna presentera *er* för, om ni skulle vilja? De har släktingar i er kusins ålder som är hederliga unga män."

Den något vemodiga tonen i Mariannes röst fick Ellen att undra om de ifrågavarande unga männen hade varit bland hennes friare innan hon blev bortgift med Creighton. Tacksam för hennes nedlåtenhet sade Ellen dock ärligt att hon skulle bli förtjust över att stifta nya bekantskaper.

"Utmärkt. Följ med mig." Marianne reste sig graciöst och ledde Ellen längs väggen till en grupp äldre societetsmatronor som hade samlats. "Lady Jersey, Lady Sale, mrs Peabody. Får jag presentera miss Ellen Bentley för er? Hon är kusin till den nye greven av Havers."

"En amerikanska?" sade Lady Sale skarpt. Hon hade en lång, smal näsa, och ett sätt att se ner för den som fick Ellen att känna sig väldigt liten.

"Nej, ers nåd, jag är född och uppvuxen i Haverford", Ellen neg. "Jag är en ganska avlägsen kusin", sade hon med förödande ärlighet, "min gammelfarmor var syster till grevens farfar."

"Fullt tillräckligt nära", sade Lady Jersey med ett hjärtligt skratt. "*Min* gammelfarmor var älskarinna till en av våra tidigare monarker, och min familj har aldrig riktigt lyckats leva ner skandalen!"

"Sally!" Lady Sale skakade på huvudet, men ett leende krökte hennes tunna läppar uppåt när mrs Peabody gav ifrån sig ett högt, flickaktigt fnitter.

Lite chockad rodnade Ellen och såg att även Marianne rodnade. Lady Jersey granskade henne nu med kritisk blick.

"Jag antar att ni är här med Clarice?"

"Lady Havers, ja, ers nåd", nickade Ellen.

"Har aldrig gillat henne. Varför presenterar hon er inte, hm? Orolig för att ni ska bli konkurrens för hennes dotter, Laura heter hon va?"

"Lady Louisa", rättade mrs Peabody henne.

Lady Jersey viftade med en knubbig, ringprydd hand slarvigt i den andra kvinnans riktning. "Ja, ja, Lady Louisa, vi känner alla till typen. Briljant av första vatten och allt det där. Varför hittade hon inte en make under sina första två säsonger, hm?"

"Hon väntar på en större fisk", sade Lady Sale kunnigt.

De andra damerna hummade instämmande innan de alla såg tillbaka på Ellen och med pärlande små ögon bedömde hennes klänning och hållning, sättet hennes hår var uppsatt. Den stillsamma skönheten i hennes drag.

"Ni gjorde väl i att föra henne till oss, Lady Creighton", nickade Lady Jersey till Marianne.

"Jag hoppades det. Min situation innebär att jag inte kan vara till stor nytta, men ni damer... tja, ni var mycket vänliga mot mig vid min debut."

”Ni krossade stackars Tristans hjärta när ni gifte er med Creighton, min kära”, sade Lady Sale, ”men jag klandrade er aldrig. *Vi* vet vilken sorts man er far var.”

Marianne såg förbi dem och bleknade plötsligt. ”Ursäkta mig”, sade hon hastigt och gick raskt iväg för att ansluta sig till en herre som just hade kommit in i balsalen.

”Stackars flicka”, sade Lady Sale och mrs Peabody nästan i kör medan Lady Jersey inte var lika återhållsam.

”Bortkastad!” fräste hon.

”Är det Lord Creighton?” frågade Ellen blygt, en aning förfärad. Greven, om det var han, måste vara minst sjuttio år gammal om inte mer, nästan helt skallig, med ett djupt rynkigt ansikte. Han var dock en stor man, lång och fortfarande kraftigt byggd trots sin ålder, och när Marianne skyndade till hans sida sträckte han ut en stor hand och klämde den hårt om hennes handled, nästan släpandes henne ut ur rummet.

”Dessvärre, ja”, sade Lady Jersey, ”och om Clarice får som hon vill, kommer ni förmodligen att bli bortgift med någon lika hemsk. Låt oss se till att omintetgöra hennes planer, mina kära. Beklagligtvis är Almack’s stängt tills säsongen börjar på allvar, annars skulle jag ha försett er med inträdeskort, men staden är inte helt utan lämpliga kandidater vid denna tid på året.” Hon gav Ellen ett varmt leende och mönstrade henne från topp till tå med skarpa ögon. ”Åtminstone har Clarice behagat utrusta er ordentligt, även om lavendel inte riktigt är er färg. Varför är ni fortfarande i sorg, om den förre greven var en så avlägsen kusin?”

”Mina föräldrar gick båda bort i december förra året”, sade Ellen och fick återigen svälja den smärtsamma klumpen i halsen. Hon trodde inte att hon någonsin skulle sluta sakna dem.

”Åh, stackars lilla ni!” sade mrs Peabody sympatiskt. ”Jag måste presentera er för min gudson. Var är nu den där pojken...”

”Edmund är alldeles för ung för att leta efter en hustru, Agatha”, sade Lady Jersey bestämt. ”Trevlig pojke, men fortfarande vid Oxford”, informerade hon Ellen. ”Ni behöver en man som redan är etablerad; jag antar att ni inte har siktet inställt på en titel eller en av Englands stora förmögenheter?”

”Bara ett enkelt hem och en man med ett vänligt hjärta”, sade Ellen. ”Jag växte upp i prästgården i Haverford, ers nåd; mina förväntningar är blygsamma.”

”Blygsamma, minsann!” Lady Sale gav henne en gillande blick och de andra två nickade. ”Nåväl, kanske vi kan åstadkomma något lite bättre än så. Skulle ni ha några invändningar mot en militär? Wares andre son är i flottan och har nyligen blivit befordrad till kapten med eget farty g...” utan att vänta på Ellens svar vinkade hon till en stadig ung man i uniform och rekryterade honom snart för att dansa nästa omgång med henne.

Även om mr Ware var trevlig nog, verkade han inte särskilt intresserad av att föra mer än artig konversation. Ellen var ändå glad över att få dansa överhuvudtaget, och tacksam mot damerna för deras nedlåtenhet. Efter omgångens slut återlämnade mr Ware henne till hennes nya beskyddarinnor, där Ellen till sin förvåning fann att de redan hade en annan partner som väntade på henne. Lord Bellmere presenterades i vederbörlig ordning, frågade artigt om hon var upptagen för dansen, och när han hörde att hon inte var det, eskorterade han henne till raden av par.

Trots att hennes nya dansskor fortfarande klämde om tårna började Ellen trivas och log mot Lord Bellmere när han frågade hur hon trivdes i London.

"Åh, alldeles utmärkt, ers nåd! Fast jag har ännu inte haft tillfälle att besöka British Museum; jag hoppas att min kusin snart kan ordna ett besök för oss. Jag är mycket ivrig att se de berömda marmorstatyerna som lord Elgin hämtade från Aten."

Lord Bellmere, en lågmäld herre i tidiga fyrtioårsåldern som inte hade protesterat nämnvärt när hans kusin Lady Sale fångat hans uppmärksamhet och insisterat på att han skulle dansa med en obetydlig lantflicka, fann sig fascinerad. Enligt hans erfarenhet var Elgin-marmorerna och British Museum vanligtvis inte de attraktioner som unga damer fann särskilt intressanta vid sitt första besök i London.

"Jag har en vän som sitter i museets styrelse", erbjöd han. "Även om de offentliga öppettiderna är en sorglig trängsel, är det möjligt att få biljetter till mer exklusiva visningar. Jag skulle kunna se om min vän kan vara behjälplig...?"

Ellens leende var strålande när dansen förde dem samman igen för att fatta händer och buga. "Men, Lord Bellmere, det är ett synnerligen generöst erbjudande! Tack så mycket!"

Fröken Bentley var mycket vacker när hon log så, tänkte Lord Bellmere och bestämde sig för att han skulle uppvakta sin vän nästa dag. Och att han var skyldig sin kusin Lady Sale ett tack för att hon hade uppmärksammat honom på miss Bentley. Ingen hemgift att tala om, hade Lady Sale sagt, men han var mer än välbärgad och hade inget behov av en rik hustru. En vacker sådan med hjärna mellan öronen, någon som inte skulle tråka ut honom till döds i konversationer, skulle passa honom alldeles utmärkt.

”Får jag uppvakta er, miss Bentley?” frågade han.

En vacker färg steg på Ellens kinder när dansen tog slut och de bugade för varandra. ”Det skulle vara mycket angenämt, Lord Bellmere.”

KAPITEL NIO

UNDER DANSEN MED DEN vackra hustrun till en annan ung greve, som han nyligen hade presenterats för, blev Thomas förvånad över att se Ellen ansluta sig till dansuppställningen med en herre han inte kände. Ellen såg lycklig ut, log och pratade livligt med sin kavaljer, och herren verkade lika förtjust i henne.

"Ursäkta mig, lady Hallam", sa Thomas, "men ser ni paret tre par nedanför oss i uppställningen, den vackra mörkhåriga damen i den lavendelfärgade klänningen med det gröna skärpet..."

"Jag ser dem, men jag känner henne inte, om ni är ute efter en presentation", sa lady Hallam med ett glatt skratt.

"Det är min kusin, miss Bentley, ers nåd. Jag undrade just om ni känner hennes kavaljer?"

"Ah! Ja, det gör jag, det är lord Bellmere. Ett av hertigen av Northumberlands barnbarn. Det finns en hel skara av dem, och även om han har långt till hertigkronan har han en baronettitel från sin mor och ett mycket fint gods nära Warwick, tror jag." Hon kastade en ny blick på paret när dansen förde dem runt så att de stod vända mot Ellen och hennes kavaljer. "Er kusin verkar ha fångat hans intresse. Han är en mycket respektabel herre, det försäkrar jag er. Inga skandaler eller svarta får i den familjen."

Nyheten borde ha glatt Thomas, men han fann sig själv rynka pannan när han såg Ellen le brett mot sin kavaljer igen. Vad var det mannen sa som fick henne att se så nöjd ut? Han hade inte trott att Ellen var den typen som föll för tomt smicker. Vid dansens slut återlämnade han skyndsamt en road lady Hallam till hennes make och gav sig av för att leta efter Ellen, och fann henne precis när nästa dans började.

"El... miss Bentley", sa han.

"Kusin", niger hon vackert och log. "Jag hoppas du ursäktar mig, major Trevithick har just bjudit upp mig till den här dansen."

Den mycket långe, mycket smale, rödhårige herremannen, på vars arm Ellens handskbeklädda hand vilade så nätt, gav honom en artig bugning. Det fanns inte mycket Thomas kunde göra annat än att le och nicka, även om han fann sig själv rynka pannan efter Ellen när hon och hennes kavaljer anslöt sig till den formerande uppställningen.

"Så ni är Havers", sa en röst bakom honom, och han vände sig om och fann sig vara föremål för flera par pärlande ögon.

"Till er tjänst", bugade han, osäker på protokollet. De hade inte blivit formellt presenterade, men en av damerna hade ju tilltalat honom, och av deras juveler och klänningar att döma var detta den sortens högt uppsatta damer som kunde strunta i konvenansen bäst de ville. Bellmere stod med dem, lade han märke till, och baronetten klev fram.

”Jag är Bellmere, ers nåd. Jag hade just nöjet att dansa med er charmerande kusin, miss Bentley.”

”Ja”, sa Thomas och bestämde sig helt irrationellt för att han inte gillade formen på den andre mannens ögonbryn. Han insåg att han var en smula löjlig och tvingade sig att le och vara artig när Bellmere presenterade lady Jersey, lady Sale och mrs Peabody. Då han flitigt hade läst tidningarna sedan sin ankomst till England, och inte bara de politiska sidorna utan även societetsspalterna, kände han igen namnen som några av ledarna för *societeten*. Tydligen hade de fattat tycke för Ellen, för knappt hade de blivit presenterade förrän de började tala om för honom – inte fråga, utan tala om – att de avsåg att ta sig an henne och se till att hon blev väl gift.

”Ellen... ah, miss Bentley... är min myndling, ja”, svarade han på en fråga från lady Sale, ”men hon står under min fasters, grevinnans, ansvar.”

”Clarice har händerna fulla med lady Louisa och hennes armé av friare”, sa lady Jersey med en fnysning, ”medan här sitter vi, tre uttråkade änkor utan en enda flicka mellan oss att föra ut denna säsong. Lady Havers har inte haft en minut över till att presentera miss Bentley för någon, Havers – har ni något emot att jag kallar er Havers?”

”Skulle det spela någon roll om jag hade det?”

"Inte det minsta, käre gosse." Hon log mot honom. "Ni må vara amerikan, men ni är uppenbarligen ingen dumbom."

Det fanns inte mycket han kunde säga på det, så han bara bugade artigt. Uppenbarligen var lady Jersey en klass för sig.

"Tack för er uppmärksamhet mot min kusin, ers nåd. Jag utgår från att ni har hennes bästa för ögonen."

"Bekymra er inte för någonting, Havers", sa lady Jersey och viftade med en hand som var nertyngd av juvelprydda ringar. "Vi ska ha henne bortgift på nolltid."

Thomas fann att han inte kunde känna sig lika entusiastisk över den idén som lady Jersey och hennes vänner verkade vara. "Jag måste naturligtvis godkänna alla seriösa friare till hennes hand", sa han stelt, "och jag litar på att ni inte kommer att presentera henne för några olämpliga herrar."

Lady Jersey gav honom en genomträngande blick, men det var mrs Peabody som frågade:

"Och har ni några särskilda kriterier för lämplighet, ers nåd?"

Lord Bellmere hade inte gjort sig osynlig, konstaterade Thomas, och lyssnade ivrigt på samtalet.

"Inga hasardspelare, eller drinkare", sa Thomas och försökte tänka ut en bra anledning att utesluta Bellmere förutom hans avskyvärda ögonbryn. Hans ålder, det måste räknas emot honom. "En herre med egen egendom, men inte alltför högfärdig. Fröken Bentleys far var präst och hon är uppfostrad ganska enkelt."

"Äsch", sa lady Sale vasst, "min far var också präst, och jag klarade mig alldeles utmärkt när jag gifte mig med Sale."

"*Markisen* av Sale", mumlade mrs Peabody, till Thomas upplysning.

"Förlåt mig, ers nåd, jag menade ingen illa." Han gav markisinnan en djup bugning, och hon fnös och såg en aning blidkad ut.

I ögonvrån fick Thomas en glimt av Ellen och hennes långe kavaljer i dansen. Mannens röda rock, som skar sig mot hans hår, gav honom en ny idé.

"Även om jag har den största respekt för modet hos Englands tappra soldater, är jag inte säker på att jag skulle vilja se miss Bentley gift med en militär. Militärtjänstens nödvändigheter skulle hålla dem isär, och lycka i ett äktenskap är svår att uppnå i sådana fall." Han såg sig noga för att inte titta på lord Bellmere när han lade till en sista rekommendation. "Slutligen skulle jag föredra att Ellen gifter sig med en man som är någorlunda nära hennes egen ålder."

"Nåväl, vi ska ta allt detta i beaktande, Havers", sa lady Jersey med skarpa ögon som borrade sig in i honom. "För det mesta är det inte orimliga saker att önska för er kusin. Jag noterar dock att ni inte nämnde hennes egna preferenser. Ska vi ta hänsyn till det och neka henne om hon skulle fatta tycke för, till exempel, en sjökapten?"

Thomas fick den obehagliga känslan att hon retades med honom, även om han inte kunde urskilja exakt hur. "Fröken Bentleys lycka är min främsta angelägenhet", sa han.

"Naturligtvis."

Lady Jersey skrattade sannerligen i mjugg åt honom, och lady Sale och mrs Peabody såg också helt oförklarligt roade ut. Bellmere iakttog honom på ett egendomligt sätt, nästan som om han mätte honom.

Thomas bestämde sig för att en reträtt i detta fall skulle vara tillrådlig, ursäktade sig artigt och tog sig tillbaka över rummet, och fick en ny glimt av Ellen och hennes kavaljer på vägen. Ellen log igen, det där glada, strålande leendet han bara hade skymtat några få gånger, vanligtvis i biblioteket på Haverford när hon diskuterade en särskilt intressant bok med honom.

Trivdes Ellen verkligen så mycket på balen? Thomas kunde inte påstå att han gjorde det. Hittills hade de personer han mött varit tråkiga, inställsamma eller både och, för det mesta. De tre äldre damerna han just hade träffat var kvällens överlägset mest intressanta bekantskaper.

"Hör på, Havers", en hand grep tag i hans ärm och han stannade till och kände igen viscount Danbury, en herre i hans egen ålder som han hade träffat tidigare i veckan. Två andra unga män var med Danbury och log välkomnande mot honom.

"Danbury", bekräftade Thomas. Han hade en stark misstanke om att den andre mannens enda intresse för honom berodde på hans släktskap med lady Louisa; Danbury hade varit mycket snabb med att utnyttja deras korta bekantskap för att få en presentation och en plats på Louisas danskort.

"Vi har gjort vår plikt mot de äldre och är på väg till Boodle's. Skulle ni vilja följa med oss? Min yngre bror Alexander, förresten, och vår vän mr Penn."

Thomas hade varit i London tillräckligt länge för att veta att Boodle's var en herrklubb, populär bland de yngre medan de äldre herrarna föredrog White's eller Brooks, beroende på deras politiska böjelser för det mesta. Åtminstone hade de inte sagt Watier's, funderade han; den ökända spelklubben var ingen plats han ville besöka.

"Varför inte", bestämde han sig. När alternativet var att tillbringa kvällen här med att se Ellen dansa och le med en till synes oändlig rad av kavaljerer presenterade av lady Jersey och hennes anhang, lät en kväll med några vänliga unga män i hans egen ålder riktigt intressant. "Ursäkta mig ett ögonblick medan jag meddelar min faster att jag ger mig av; jag kan skicka tillbaka min vagn för henne senare."

"Det behövs inte, jag har min egen", sa Danbury glatt. "Vi väntar på er i foajén."

"Ja, ja, ge dig iväg", sa lady Havers när Thomas gick fram till henne för att nämna att han skulle ge sig av med några andra unga herrar. "Du har gjort din plikt för Louisa. Jag tar hem henne när hon tröttnar på att dansa och vi ses i morgon."

"Och Ellen."

"Ursäkta mig?" Lady Havers blinkade mot honom.

"Ellen. Fröken Bentley, faster Clarice!"

"Åh, ja, naturligtvis... var är hon? Sitter hon med de andra panelhönorna?" Lady Havers kastade en blick mot sidan av rummet. "Det spelar ingen roll, jag ska be en tjänare att leta reda på henne när vi är redo att ge oss av."

"Hon dansar, med en major Trevithick för närvarande, tror jag."

Detta fångade Clarices uppmärksamhet; hennes huvud for runt och hon stirrade på honom. "Vem presenterade henne för honom?" frågade hon, med misstrogen ton. "Han är en av greven av Exeters söner!"

"Lady Jersey gjorde det, tror jag", sa Thomas och fann ett perverst nöje i sättet Clarice gapade åt honom. "Fast det kan möjligen ha varit lady Sale, jag är inte säker."

"De där två störiga gamla kärringarna!" Clarices ljusa ansikte mörknade till en vinröd nyans. Hon tog dock ett djupt andetag och tvingade fram ett leende. "Nåja, jag antar att Ellen kommer att roa sig för kvällen, om de har fattat ett tillfälligt intresse för henne. De kommer snart att tröttna på henne och kasta henne åt sidan."

”Förvisso. Jag litar på dig, faster Clarice, att avgöra om de herrar de presenterar henne för är lämpliga för Ellen att umgås med. En lord Bellmere har redan frågat om han får komma på besök...”

”Bellmere!” Clarices ögon höll nästan på att ploppa ut vid det. ”Han är en av Englands rikaste män! Jag försökte hela förra säsongen att hitta någon som kunde presentera Louisa för honom!”

”Nå”, sa Thomas, ”nu kan Ellen göra presentationen åt dig.”

För ett ögonblick trodde han att Clarice skulle slå till honom, så arg såg hon ut. Han borde verkligen inte reta henne så, men hennes ovänlighet mot Ellen började gå honom på nerverna. Han bugade artigt, ursäktade sig och gav sig av för att finna Danbury och hans vänner.

KAPITEL TIO

Den långe och gänglige majoren eskorterade just Ellen tillbaka till de äldre damerna när hon fick syn på Thomas som tog avsked av värdparet. Han fick ögonkontakt med henne tvärs över rummet och för ett ögonblick trodde hon att han skulle vända sig bort utan att uppmärksamma henne, men han nickade kort innan han vände sig om och lämnade balsalen.

"Tack så mycket för att du bjöd upp mig, major Trevithick", sade Ellen. "Jag uppskattade verkligen dansen."

"Det gjorde jag också." Majoren rodnade, en min som var ganska opassande till hans röda hår, och sänkte huvudet tafatt. "Skulle jag få göra er min uppvaktning, miss Bentley?"

"Jag är säker på att det skulle vara acceptabelt", sade Ellen och undrade vilken underlig magi som låg i luften denna afton, då *två* synnerligen åtråvärda gentlemän hade uttryckt en önskan att lära känna henne bättre. "Lady Havers tar emot besökare på tisdags- och fredagseftermiddagar."

”Jag ska se fram emot det innerligt”, sade Trevithick, ”och kanske, nästa gång vi befinner oss på samma bal, skulle ni vara så vänlig att reservera supédansen åt mig?”

Det var sannerligen en synnerligen stor ära; Ellen rodnade själv om kinderna när hon neg och sade att hon skulle bli förtjust. Änkorna, som lyssnade ivrigt, log gillande mot henne och så fort majoren hade tagit avsked överöste de henne med frågor och krävde att få veta vad de hade talat om. Ellen visste knappt hur hon skulle besvara deras frågor; hon hade inte tyckt att de hade talat om något ovanligt. Majoren verkade ganska blyg, så efter att ha dansat några ögonblick i tystnad hade hon frågat honom om han hade läst några intressanta böcker på sistone, i ett desperat hopp om att han var en gentleman som tyckte om att läsa.

”Han sade att han nyligen hade läst om *Don Quijote*”, berättade Ellen för damerna, ”och jag frågade om han läste den i översättning eller på originalspråket spanska, och vilken översättning, för jag har nyligen läst mr Motteuxs version och föredrar den framför mr Sheltons.”

En kort och ganska förbluffad tystnad följde, och sedan skrattade lady Jersey ganska högt. ”Ni duger, min flicka. Ni duger alldeles utmärkt.”

Ellen hade inte den blekaste aning om vad lady Jersey fann så roande. Hon log lite blygt, neg igen och sade: ”Kanske var det en olämplig konversation för mig att ha med en gentleman, men jag är rädd att jag fick lite panik eftersom majoren var så tyst.”

”Tja, somliga kommer nedsättande att kalla er för blåstrumpa för det”, sade lady Sale, ”men låt mig försäkra er, miss Bentley, att varje man värd namnet kommer att föredra en ung dam som visar att hon har något mer än ludd mellan öronen.”

”Åh, alldeles säkert”, instämde lady Jersey. ”En man som inte värdesätter er intelligens är inte värd er tid, min kära. Låt ingen påstå något annat. Jag föraktar unga damer som låtsas vara något de inte är för att försöka tilltala gentlemän, fåniga varelser. Att ta sig till altaret under falska förespeglingar leder inte till ett lyckligt äktenskap.”

”Vem ska till altaret?” sade en ny röst, och Ellen kände hur axlarna spändes. Hon tvingade fram ett leende och klev vördnadsfullt åt sidan för att låta lady Havers ansluta sig till gruppen.

”Ingen jag känner till, för närvarande”, sade lady Jersey glatt. ”Men det är på tiden att du får din flicka bortgift, Clarice. Kan du inte få någon av hennes friare att hålla måttet, hm?”

”Jag vill upplysa dig om att Louisa fick flera anbud förra säsongen”, fräste Clarice.

”Åh, så hon är *kräsen*”, sade lady Jersey med upplyst min.

Clarices ansikte blev rött. Av rädsla för att en fullskalig konfrontation var under uppsegling, och att hon skulle bli förbjuden att umgås med änkorna, sade Ellen snabbt: ”Faster Clarice, jag såg just Thomas, jag menar lord Havers, lämna balen.”

”Åh, oroa dig inte för honom, flicka lilla”, skakade Clarice på huvudet. ”Han är iväg för att så sin vildhavre med några av sina unga vänner, skulle jag tro.”

Ellen visste mycket väl vad *vildhavre* syftade på och hon kände en knut av olycka slå rot i bröstet. Ändå tvingade hon sig att le och nicka. ”Ska vi åka snart?” frågade hon och insåg att hon började känna sig väldigt trött. Klockan måste vara långt efter midnatt, och hon hade inte lyckats bryta sin vana att stiga upp tidigt på morgnarna, trots att Clarice och Louisa aldrig syntes till förrän efter tolvslaget.

”Om en liten stund”, sade Clarice och såg sig omkring med en granskande blick. ”De flesta av de åtråvärda gentlemännen har fått nog för kvällen och ger sig av. Louisa är uppbjuden för den här dansen, tror jag, och sedan tror jag vi ska ge oss av. Vår värdinna har låtit sina tjänare servera vinet lite för frikostigt och några av gästerna börjar bli stökiga.” Hon rynkade på näsan med aristokratisk avsmak när en ung dam sprang förbi, tätt följd av en mycket äldre gentleman.

Ellen blev också chockad och bestämde sig för att inte tacka ja till fler danser den kvällen, trots att mrs Peabody föreslog en väns son som råkade passera förbi. ”Tack, men jag har dansat mycket mer än jag är van vid denna afton”, sade hon med ett blygt leende. ”Jag skulle dock bli mycket hedrad att få stifta bekantskap med er vän vid ett annat tillfälle.”

Fru Peabody log strålande mot henne, och Ellen tänkte för sig själv att hon verkade vara en evigt glad dam. Hon var också den i särklass mest överdådigt klädda av de tre änkorna, vilket verkligen ville säga något eftersom alla tre var klädda enligt allra senaste mode. Ellen visste inte mycket om juveler, men de flera långa raderna av stora, gräddfärgade pärlor som draperades runt mrs Peabodys hals och diamantarmbanden på hennes handleder tycktes vittna om extrem rikedom.

Just då dansade Louisa förbi i armarna på en kort, rundlagd ung man med flera hakor som dallrade ovanför hans skjortsnibbar, och lady Jersey frustade högt.

"Tror inte din flicka passar ihop med Ormiston, Clarice. Hon är inte tillräckligt förtjust i mat!"

Alla tre av de Orädda Änkorna, som Ellen i sitt sinne döpte dem till, skrattade glatt åt lady Jerseys kommentar, och Clarice rodnade igen. Ellen bet tillbaka ett skratt hon också, medveten om att hon skulle få betala för det senare om hon tillät sig att roas på Louisas bekostnad.

"God afton, mina damer", sade Clarice kyligt. "Vi väntar vid trappan tills dansen är slut, Ellen." Hennes hand slöt sig om Ellens handled som en boja och hon gav sig raskt iväg och drog Ellen efter sig. Utan möjlighet att göra något annat fick Ellen nöja sig med att böja huvudet för änkorna och snabbt tacka för deras vänlighet. De log välvilligt tillbaka mot henne, så hon försäkrades om att de inte tog illa upp över hennes snabba avfärd i Clarices kölvatten.

Vagnsfärden tillbaka till Havers stadsresidens kändes oändlig för en trött Ellen, som tvingades sitta och lyssna på Louisas upphetsade pladder om hur många gentlemän som hade bjudit upp henne, och hur högt betitlade de var.

Hennes sista kavaljer hade varit en hertig, som Clarice var särskilt entusiastisk över, trots lady Jerseys anmärkningar.

Båda Havers-damerna ignorerade Ellens existens, vilket hon hade blivit helt van vid. De ansträngde sig för att inkludera henne inför Thomas, där Louisa gick så långt som att låtsas att de var nära vänner, men så fort Thomas lämnade rummet föll artighetsmaskerna.

I själva verket brydde sig Ellen inte. Hon hade känt Clarice och Louisa hela sitt liv, hade känt till sitt släktskap med dem, och de hade behandlat henne som en nolla. Det hade krävts en direkt order från Thomas för att ens få dem att erkänna hennes existens, men hon var helt säker på att de skulle bli fullkomligt lyckliga om hon försvann tillbaka in i anonymiteten så snart som möjligt.

De var bara några minuter från stadsresidenset när Clarice äntligen vände sin uppmärksamhet mot Ellen.

"Och ni, fröken, vad har ni att säga till ert försvar?"

Överraskad slet Ellen sin uppmärksamhet från sitt tankfulla betraktande av de tysta, mörka gatorna som passerade utanför vagnsfönstret. "Jag ber om ursäkt, faster Clarice?"

"Det var inte alls väl gjort av er att tränga er på era överordnade, Ellen. Varför i all världen gjorde ni er bemärkt hos lady Jersey och hennes vänner?"

"Det gjorde jag inte, ers nåd. Jag satt tyst vid sidan av rummet när en dam som satt i en närliggande stol talade till mig. Det var hon som presenterade mig."

"Och vem var denna dam?" sade Clarice skarpt.

"Grevinna av Creighton, ers nåd."

Louisa flämtade till vid det, och Clarices läppar blev ännu stramare. "Jag förstår", sade hon kallt.

"Finns det någon anledning till att jag inte borde ha talat med grevinnan, ers nåd? Hon verkade fullkomligt respektabel, och lady Jersey och lady Sale hälsade varmt på hen ne..."

"Ja", sade Clarice, "hon är fullkomligt respektabel. Jag antar att det inte finns någon anledning till att ni skulle ha vetat det, men Creighton talade med min framlidne make om en potentiell allians med Louisa för några år sedan – innan Louisa formellt debuterade, förstås, men för en allians som den, skulle en säsong ha kunnat undvaras. Han drog sig tillbaka helt oväntat och det nästa vi visste var att hans förlovning med miss Abingdon, som hon då hette, tillkännagavs."

"Tja", sade Ellen uppriktigt, "jag tycker att ni hade en lyckosam undanflykt, kusin Louisa."

"Hur så?" Louisa såg ganska förvånad ut.

"Lady Creighton verkar inte lycklig i sitt äktenskap. Det verkar som om greven är mycket svartsjuk; han tillåter henne inte att dansa med andra män, inte ens att tala med dem om han inte är närvarande."

Louisa såg chockad ut över Ellens avslöjanden och tittade på sin mor som om hon bad om bekräftelse. Clarice ryckte lite irriterat på axlarna.

"Hur skulle jag ha vetat att han skulle bete sig så? Kanske han är sådan med lady Creighton av goda skäl."

Båda flickorna tittade förvirrat på henne. Clarice snörpte på munnen innan hon lutade sig fram och sade: "Kanske han har goda skäl att vara svartsjuk."

"Tja, lady Creighton är ganska anmärkningsvärt vacker", sade Ellen. "Utan tvekan kommer hon alltid att dra till sig uppmärksamhet."

Clarice suckade otåligt. "Kanske hon uppmuntrar den. Kanske hon *gillar* uppmärksamheten. Kanske hon till och med vanärar sina äktenskapslöften. Det är inte vår sak att ifrågasätta varför greven av Creighton väljer att hålla ett vakande öga på sin fru."

"Nåväl", sade Louisa surt, "jag är verkligen glad att jag inte gifte mig med honom trots allt. Jag tänker sannerligen inte ge upp dans och att ha roligt när jag gifter mig."

Thomas skulle aldrig be dig om det, tänkte Ellen och vände bort huvudet. *Jag hoppas bara att jag också får finna någon som tillåter mig mina små nöjen.*

KAPITEL ELVA

TROTS DEN SENA TIMMEN kunde Ellen inte sova. Hon låg i sängen och stirrade upp i taket, och hennes rum var väl upplyst av månskenet som flödade in genom de fråndragna gardinerna. London var aldrig tyst, och även vid denna timme på de exklusiva gatorna i Belgravia kunde hon höra hästhovar och vagnshjul utifrån, om än mer sällan än under dagtid.

Färdades Thomas hem i en av dessa vagnar? Skulle han ens komma hem? Kanske skulle han tillbringa natten på klubben med sina nya vänner. Så skönt det måste vara att kunna skaffa vänner och följa med dem helt spontant, att kunna roa sig utan att behöva svara inför någon annan! Ellen hade trott att lady Creighton kunde bli en vän hon kunde tala med, men Clarices ogillande innebar att hon inte skulle kunna umgås öppet med damen. Det skulle inte bli några besök eller utflykter till butikerna, borta från Clarices hököga och Louisas oförställda hånleenden.

Det var för varmt i hennes rum. Med en suck vände Ellen på kudden i jakt på svalka. Inom fem minuter kändes hennes huvud dock varmt igen, och hon satte sig otåligt upp. Hon skulle gå till köket och hämta en kopp mjölk från skafferiet. Kanske skulle det hjälpa henne att somna.

Hon drog på sig morgonrocken över sitt enkla nattlinne i flanell. Även om hennes rum var varmt, hade en brasa flammat där hela kvällen för att göra det så, och resten av huset skulle troligen vara ganska svalt. Hon stack fötterna i tofflorna, öppnade dörren och smög tyst fram till trappans översta avsats.

Ellen var nästan nere vid trappfoten med handen på trappstolpen när ytterdörren plötsligt svängde upp. Hon stelnade till, med munnen öppen för ett halvt skrik, även om hon rent förnuftsmässigt visste att det måste vara Thomas som kom in.

"Ellen!", Thomas verkade om möjligt ännu mer överraskad än hon när han såg henne. Han lade en hand över hjärtat, stängde ytterdörren och skakade på huvudet. "Du skrämde mig. Vad i all sin dar gör du uppe vid den här tiden?"

"Jag skulle kunna fråga dig detsamma", svarade hon och kände sig oförklarligt stridslysten. "Varför är det bara män som får gå ut och roa sig, medan unga damer inte ens kan gå till köket för en kopp varm mjölk utan att bli ifrågasatta?"

Typiskt Thomas skrockade han godlynt och kom fram för att erbjuda henne armen. "En kopp varm mjölk låter alldeles utmärkt. Tror du att vi kan hitta lite bröd och ost också? Jag är utsvulten."

Ellen kunde inte förbli arg på honom, utan log. "Vadå, ger de dig ingen mat på de där fina herrklubbarna?"

"De har matsalar, tror jag, men jag såg dem inte. Herrarna jag var där med föredrog att dricka och spela."

”Och du?” Han luktade inte starka drycker, även om den skogsliknande doften av cigarrer steg mot hennes näsa när de gick mot köket.

”De har mycket god brandy och portvin”, medgav Thomas, ”men att spela när man är på pickalurven är ett bra sätt att bli av med sina pengar. Jag har sett alltför många goda män göra sådana misstag i Amerika, och jag har ingen önskan att själv gå i samma fälla.”

Köket var tyst, spisen hade slocknat. Ellen ställde ner sitt ljus på bordet och gick utan att tveka mot skafferiet.

”Hur visste du var du skulle hitta allting?”, frågade Thomas nyfiket när hon ställde fram en kopp mjölk, en halv limpa bröd, en bit ost och en klick smör insvept i muslin framför honom.

Ellen tvekade innan hon tog en tallrik från skänken och ställde ner den också. ”Snälla, berätta inte för tant Clarice?”

”Dina hemligheter är alltid säkra hos mig.” Han log varmt mot henne, och hon log tillbaka.

”Jo, tant Clarice och kusin Louisa sover alltid länge, och ibland blir jag lite uttråkad på morgnarna, om du har gått för att träffa din affärsföreståndare. Jag bad Susan visa mig tjänstefolkets delar av huset. Jag vet om de förbättringar du vill göra i tjänstefolkets bostäder på Haverford Hall”, fortsatte hon i en pladdrande ström när Thomas inte sade något, ”men du har haft fruktansvärt bråttom sedan vi kom till London och jag tänkte att du kanske inte hade haft tid att se dig omkring här och undersöka om det är något som behöver göras ... Jag är så ledsen om jag har överskridit mina befogenheter ..."

Thomas skrockade milt, skakade på huvudet och höjde en hand för att stoppa henne. "Ellen. Ellen! Tack."

"Verkligen? Du har inget emot det?"

"Jag är tacksam. Du måste berätta för mig vad du har iakttagit. Det är uppenbart att tant Clarice inte tänker på sådant, och det gjorde inte heller min farbror, annars skulle tjänstefolket på Haverford inte vara så illa behandlat. Varför skulle det vara annorlunda här? Det var något jag hoppades kunna titta på inom en vecka eller två, säkerligen innan det kalla vädret börjar på allvar, men jag tar mer än gärna emot dina råd i frågan."

Glad över hans godkännande rodnade Ellen en aning och sänkte blicken mot det ärriga, gropiga ytan på det skurade furubordet. "Tja – jag tror att det är lite bättre här än på Haverford, på vissa sätt. Kanske för att husets butler inte är fullt så skrämmande sträng som Allsopp, och för det mesta är huset i stort sett utan personal när familjen inte är här."

Thomas förstod inte och rynkade pannan. "Jag förstår inte varför det skulle göra någon skillnad, Ellen?"

"Jag pratade med Dolly, husföreståndarassistenten", erkände Ellen. "Hon blev nyligen befordrad från husa, och hon berättade för mig hur tjänstefolket förra vintern, till exempel, eftersom familjen inte kom på besök, kunde dela på alla filtar mellan bara några få, istället för att behöva dela dem mellan en fulltalig personalstyrka. Herr Henry, butlern, hade inga invändningar mot att filtskåpet i tjänstefolkets utrymmen var tomt, förstår du.”

”Jag förstår”, sade Thomas och nickade. ”Den här vintern blir det annorlunda, eller hur? Eftersom vi nu har huset fullt.”

”Just det. Och medan hushållsbudgeten har ökats för att täcka de måltider som familjen äter, har köksbudgeten för tjänstefolket inte gjort det, trots att de har dubbelt så många munnar att mätta.” Animerad av ämnet lutade sig Ellen över bordet för att räkna upp de punkter hon ville framföra, omedveten om att för varje ord hon sade blev Thomas mer och mer trollbunden av hennes passion.

Hon var, tänkte Thomas, helt magnifik när orden strömmade ur henne. Hennes ilska över de orättvisor och ojämlikheter som de lägre klasserna led av livade upp hennes vanligtvis stilla drag och gjorde henne plötsligt, spektakulärt vacker. Hon hade rätt också, i varje punkt hon framförde, och han lade på minnet att ha henne närvarande när han talade med sin förvaltare, ifall han skulle glömma något hon hade sagt.

Ellen förtjänade, insåg han, att vara härskarinna över ett stort gods. Hon skulle klara uppgiften mycket bättre än Louisa, som påstods vara uppfostrad och uppvuxen för ett sådant syfte, eller någon av de hjärndöda societetsfröknar som hittills hade prackats på honom. Hur många av dem skulle ens tänka på bekvämligheten hos de tjänare som uppfyllde deras minsta önskan? Inte ens hans tant, som själv var dotter till en greve och härskarinna över ett stort gods i många år, gjorde det på ett tillfredsställande sätt.

För varje dag Thomas tillbringade i England blev han alltmer desillusionerad av medlemmarna i den grupp som påstods vara hans jämlikar. De unga männen i hans egen ålder som han hade tillbringat kvällen med, tänkte, trots att de var trevliga nog, på föga mer än sina egna nöjen och tidsfördriv, och kvinnorna verkade inte tala om annat än mode och skvaller. Han hade redan bestämt sig för att inte tacka ja till det medlemskap på Boodle's han hade erbjudits, utan att istället söka inträde till Brooks eller White's, där de mer seriösa affärerna verkade äga rum.

Sanningen var, funderade han medan han såg Ellen tala, med ögonen blixtrande i stearinljusets sken och händerna som rörde sig graciöst i takt med hennes hänförelse och entusiasm, att Ellen var den enda person han hade träffat sedan sin ankomst till England som han verkligen kände att han hade betydande gemensamma intressen med.

Ellen verkade slutligen lägga märke till hans intensiva granskning och stannade mitt i en mening innan hon sänkte blicken och rodnade. "Jag är så ledsen, här står jag och pladdrar på och du måste vara utmattad!"

"Inte alls", sade Thomas bestämt. "Jag tänker bara på att jag kanske inte kommer ihåg imorgon – senare idag, vill säga – allt du säger. Kan jag be dig att närvara vid det möte jag har bokat med min förvaltare klockan två i eftermiddag? Han kan föra anteckningar och vi kan diskutera hur vi bäst ska ta itu med de problem du har observerat."

Ellen såg förtjust ut över att bli tillfrågad, men hon rynkade på näsan och knackade med fingertoppen på underläppen. "Vi förväntas ta emot besökare i eftermiddag – fast jag vågar påstå att tant Clarice och Louisa knappast kommer att märka om jag inte är närvarande. Jag är säker på att jag kan smita undan."

"Absolut", instämde Thomas. "Då ses vi klockan två. Och nu, i säng med dig och vila lite." Han mildrade ordern med ett varmt leende, och hon log tillbaka.

"God natt, Thomas", svävade hennes röst genom det mörka köket när hon lämnade honom ensam, och Thomas satt länge tyst, försjunken i tankar.

KAPITEL TOLV

Precis som Ellen hade förväntat sig, redan innan klockan slog två, släppte mr Henry in den första av en ström av manliga uppvaktare som var ivriga att kurtisera Louisa. Ingen av dem ägnade henne en andra blick, och när hon några minuter senare tyst viskade till sin faster om att få ursäkta sig, såg Clarice inte ens på henne innan hon avfärdande viftade med handen.

Dörren till arbetsrummet stod öppen, och Thomas såg upp med ett välkomnande leende när hon tvekade utanför och undrade om hon borde knacka. "Ellen! Kom in. Låt mig få presentera min förvaltare, mr Gallagher."

Ellen stelnade till ett ögonblick, osäker på om hon skulle niga. Förvaltaren bugade djupt, så hon bestämde sig för att inte göra det och nöjde sig med en liten nick. "Ett nöje att få träffa er, herrn."

"Äran är helt på min sida, miss Bentley. Lord Havers har berättat för mig att ni har inspekterat tjänstefolkets utrymmen här och har några rekommendationer?"

Glad över det affärsmässiga sätt på vilket han tilltalade henne, tog Ellen emot stolen som Thomas höll fram åt henne, och snart satt de tre med huvudena tätt ihop över en tjock bunt papper, medan mr Gallagher gjorde rikliga anteckningar.

"Ursäkta mig, ers nåd", avbröt mr Henry dem ungefär en kvart senare. "Lady Havers begär miss Bentleys närvaro i Kinesiska salongen."

Thomas såg upp med rynkad panna. "Varför?", frågade han rakt på sak.

Herr Henry harklade sig diskret. "Två av de nyligen anlända uppvaktarna är här särskilt för att träffa miss Bentley, ers nåd." Han tystnade. "De har med sig blommor."

Thomas var på fötter innan han visste ordet av. "Manliga uppvaktare till Ellen – jag menar miss Bentley? Vilka är de?", fräste han.

Först efter att han hade talat slog det honom att han inte brydde sig ett dugg om vem som hade kommit för att uppvakta Louisa.

"Lord Bellmere och major Trevithick, ers nåd", svarade mr Henry med en antydan till något i sitt uttryck som kunde ha varit gillande. Tjänstefolket uppskattade hans omsorg om Ellens välbefinnande, antog han; när allt kom omkring visade hon ju omsorg om deras. De skulle vilja se henne lycklig och välbeställd.

"Jag ska följa med dig, Ellen", bestämde Thomas. "Jag tror vi har gett Gallagher tillräckligt att göra för nu, eller hur?"

"Javisst, ers nåd, jag sätter igång med detsamma", instämde förvaltaren.

”Ska vi gå?”, bjöd Thomas och erbjöd Ellen sin arm. Hon såg underligt på honom.

”Jag trodde du inte tyckte om fasters Clarices mottagningar?”, frågade hon lågt när de lämnade arbetsrummet.

”Jag ville ha en paus”, ljög han obesvärat, ”och några av köksans läckra citronpajer, som jag råkar veta att hon bakade i morse. Och, naturligtvis, för att träffa dina friare, Ellen.”

”De är inte mina friare”, sade Ellen genast, alltför snabbt för Thomas smak.

Den damen protesterar för mycket, tänkte han när han såg rodnaden färga hennes kinder. Hade hon redan en förkärlek för en av herrarna, efter en enda kväll i hans sällskap? Tyst förbannade han sig själv för att han hade lämnat balen igår kväll. Uppenbarligen hade en av de två männen tagit tillfället i akt att lära känna Ellen och hade gjort ett gynnsamt intryck.

Kinesiska salongen verkade vara fylld till bristningsgränsen när mr Henry öppnade dörren för dem med en bugning. Ansikten vändes i deras riktning, mestadels herrar även om några hade tagit med sig sina mödrar och systrar. Flera kvinnliga ansikten lyste märkbart upp vid åsynen av Thomas, men han ignorerade dem alla och såg med smala ögon hur två herrar närmade sig med breda leenden.

”Kusin, låt mig få presentera lord Bellmere och major Trevithick”, skötte Ellen presentationerna. ”Min kusin, lord Havers.”

Båda männen bugade med den perfekta mängden vördnad för en pär av hans rang, men det var mer än tydligt att deras intresse var fäst vid Ellen. Ingen av dem verkade heller vara en hjärndöd sprätt som babblade överdrivna komplimanger, till Thomas irritation. Tvärtom verkade båda vara intelligenta, eftertänksamma herrar av precis den sort han gärna skulle vilja lära känna bättre ... om de inte gjorde kalvögon åt Ellen.

"Jag träffade er kusin i museets styrelse i morse", sade Bellmere gemytligt till Ellen. "Museet är stängt för allmänheten fram till klockan tolv på måndagar och tisdagar, så om en tidig morgonutflykt skulle passa, skulle det glädja mig att eskortera er för att se Elginmarmorn."

Ellen såg också mycket förtjust ut, även om hon mycket korrekt sade: "Jag skulle förstås behöva be om lady Havers tillåtelse och ordna med en förkläde ..."

"Ingen anledning att besvära faster Clarice", sade Thomas glatt. "Jag skulle också vilja se marmorn. Jag kan vara ert förkläde."

"Kanske vi skulle kunna göra det till en bjudning", sade major Trevithick, och Thomas tänkte att han skulle behöva hålla ett öga på militären. Trevithick var sannolikt en mästare i strategi och kunde mycket väl smyga sig in i Ellens gunst precis framför näsan på både honom och Bellmere.

"Sade du bjudning? Ska vi ha en bjudning, kusin?", ropade Louisa från andra sidan rummet, uppenbart förnärmad över att de hade en konversation där hon inte stod i centrum.

Utan annat val än att inkludera Louisa tog Thomas några motvilliga steg närmare för att informera henne om lord Bellmeres föreslagna utflykt till museet. Han blev förvånad när Louisa hävdade ett stort intresse för att delta i sällskapet, men det tog inte lång tid att urskilja hennes resonemang. Lord Bellmere ryktades vara en av de rikaste männen i England, och Louisa var förargad över att baronen inte hade valt att ansluta sig till skaran av hennes friare utan istället uttryckt ett intresse för Ellen.

Med Louisas intresseförklaring uttryckte plötsligt alla hennes friare också en stor önskan att se lord Elgins berömda förvärv, och Bellmere fick ett tydligt förargat utseende, även om han var gentleman nog att lova att de alla kunde delta.

Thomas lade märke till ett litet flin som lekte kring major Trevithicks läppar när Bellmere obevekligt drogs in i kretsen kring Louisa. Majoren vände sig bort som om han var ointresserad, tog upp en bok som låg på ett sidobord och ställde en fråga till Ellen om den som Thomas inte hörde, eftersom han i det ögonblicket tilltalades av en äldre dam som försökte uppmärksamma honom på sin dotter.

Louisas klingande skratt hördes, och Thomas sneglade över för att se henne lägga en hand på Bellmeres ärm och le förstulet upp mot honom.

Då slog det honom, helt plötsligt.

Han brydde sig inte det minsta om vem Louisa log mot eller flirtade med, trots att han kortvarigt hade blivit bländad av hennes skönhet. Han brydde sig dock väldigt mycket om att Ellen hade sitt huvud böjt över en bok med major Trevithick, med ett litet leende som lekte på hennes mjuka läppar.

Svartsjuka var en helt ny känsla för Thomas, och han fann att han inte alls tyckte om den. *Han* ville vara den ende som gynnades av Ellens leenden.

Mitt i en fullsatt salong var förmodligen den sämsta möjliga platsen för hans sanna känslor att plötsligt bli klara, insåg Thomas, men det fanns inget han kunde göra åt det faktum att hela hans värld just hade vänts upp och ner.

Clarice såg konstigt på honom, kom fram för att hejda den påträngande kvinnan med dottern och flytta Thomas till Louisas sida, vilket hon uppenbarligen ansåg var hans rätta plats. Clarice skulle bli besviken, tänkte Thomas dunkelt, men han visste nu att han aldrig skulle kunna gifta sig med Louisa, även om hennes känslor för honom var vad Clarice påstod. Hans lilla förälskelse i hennes skönhet var ingenting jämfört med vad han kände för Ellen.

Kärlek. Han viskade ordet tyst, inom sitt eget sinnes valv, och visste att det var en oföränderlig, tidlös sanning. Han älskade Ellen; älskade allt med henne, från hennes intelligenta, nyfikna sinne till hennes vänlighet och empati för andra. Bäst av allt skulle hon vara den sortens grevinna han hade föreställt sig ända sedan hans farfars berättelser om Haverford Hall när han var barn; en nådig slottsfru, alltid medveten om sitt folks behov.

Ellen såg upp från boken just då och tittade runt i rummet tills hennes blick fastnade på Thomas. Genast log hon, bredare än det lilla leende hon hade gett majoren. Thomas log tillbaka och önskade alla andra i rummet åt fanders så att han kunde berätta för Ellen hur han kände – men nej, han fick inte skynda på detta. Hon hade inte den blekaste aning, tänkte han, och han hade hittills uppmuntrat henne att behandla honom som en betrodd äldre bror. Vilken dåre han var! Han borde ha insett hennes enastående kvalitéer tidigare, förstått att hans glädje i hennes sällskap var mycket mer än bara vänskap. Nu skulle han behöva slåss mot andra friare om hennes hand, allt medan han övertygade Ellen om att hans avsikter var äkta ... och på något sätt utan att låta Clarice eller Louisa förstå vad han höll på med, så att de inte saboterade hans frieri.

I det ögonblicket önskade Thomas att han kunde skylla på huvudvärk och lämna rummet. Men nej; han skulle inte lämna fältet öppet för Trevithick och Bellmere, som hade smugit sig bort från Louisas uppvaktning tillbaka till Ellens sida och trängt sig in i hennes samtal med majoren.

Mottagningen verkade pågå i en evighet. Thomas var säker på att en halvtimme ansågs vara den artiga maximala tiden att stanna vid sådana tillställningar innan man tog avsked, och de flesta av Louisas uppvaktare verkade faktiskt komma och gå, även om det alltid fanns en konstant cirkel runt henne. Varken lord Bellmere eller major Trevithick visade dock någon benägenhet att ge sig av, utan iakttog varandra som ett par vaksamma katter. Ellen verkade inte föredra någon av dem framför den andre, vilket åtminstone var en viss tröst för Thomas. Hon verkade bara förtjust över att ha någon som var villig att föra en intelligent konversation med henne.

Clarice iakttog från andra sidan rummet med skarpa ögon hur Thomas stannade vid Ellens sida, och så snart den sista av deras gäster äntligen hade gett sig av, beordrade hon de två flickorna upp på övervåningen för att klä sig för middagen och grep tag i Thomas arm.

"Du får inte svärma så runt Ellen, brorson. Louisa kände sig ganska försummad! Det var mycket illa gjort av Ellen att monopolisera lord Bellmere och major Trevithick också!"

"Ellen gör sin första säsong, frun", sade Thomas förnuftigt. "Medan Louisa är inne på sin tredje, och är ganska bekväm med att hantera en hord av entusiastiska beundrare. Jag observerade inte att hon var nedstämd. Tvärtom, faktiskt." Louisa hade skrattat ofta och högt, även om Thomas såg henne snegla regelbundet mot deras lilla gruppering. "Om något bekymrade henne var det utan tvekan att hon för en gångs skull inte stod i centrum för allas uppmärksamhet."

"Thomas!", spelade Clarice chockad. "Det där är ovänligt!"

"Det är sanningen", sade Thomas kort. "Två hertigar, en markis och ett stort antal grevar, baroner och arvingar var din dotter till lags i eftermiddag, faster Clarice. Louisa borde inte missunna Ellen ett par friare som är tillräckligt omdömesgilla för att se hennes goda egenskaper."

Clarices mun blev till ett tunt streck. "Goda egenskaper?", sade hon föraktfullt. "Hon är en prästdotter med föga fasoner och inget utseende att rekommendera! Du slösar din tid och drar skam över familjenamnet med ditt erkännande av henne!"

Chockad stirrade Thomas på henne. "Ellen Bentley är min släkting i blodet", sade han, hans ton låg men med en farlig udd. "Hon har större rätt till min tid, och till familjenamnet, än vad ni har. Jag tvivlar faktiskt inte på att hon kommer att – *skulle* bli en mycket bättre grevinna än vad ni någonsin har varit!"

Hans felsägning undgick henne inte. Med smala ögon spottade Clarice ur sig: "Åh, jag förstår hur det ligger till. Slynan har förfört dig, precis framför näsan på Louisa!"

"Nu räcker det", sade Thomas och förvånade sig själv med snärten i rösten. "Ni kommer att hålla en civiliserad tunga i mun när ni talar om Ellen, annars kommer ni inte längre att vara välkommen under mitt tak."

Om blickar kunde döda skulle han utan tvekan ha fallit död ner på fläcken. "Uppkomlingsamerikan", väste Clarice. "Du förstår ingenting om klass och societeten!"

"Jag förstår att jag inte vill ha något att göra med en societet som inte kan erkänna de överlägsna egenskaperna hos en intelligent ung kvinna med ett vänligt hjärta, bara för att hon är tre generationer från ett grevskap istället för en!"

De andades båda snabbt, med höjda röster. Clarice tittade dock bort först, när hon såg att Thomas uppenbarligen inte hade för avsikt att backa.

”Jag tänker bara på Louisas framtid”, muttrade hon.

”Som ni bör”, sade Thomas och mildrade sin ton. ”Det finns dock många lämpliga friare till Louisas hand. Det här är hennes tredje säsong, faster, och jag tvivlar inte på att hon har varit lika överväldigad av friare under de två föregående. Vad väntar hon på?”

Clarice tvekade innan hon suckade tungt. ”Jag vet inte”, erkände hon. ”Hon verkar njuta av att ha varje man vid sina fötter; om hon väljer en, tror jag att hon fruktar att de andra alla kommer att överge henne.”

”Det är väl lite meningen med ett äktenskap”, sade Thomas, inte ovänligt. ”Jag skulle inte vilja ha en hustru som ville vara omgiven och avgudad av andra friare.”

”Naturligtvis inte.”

Clarices huvud var sänkt, och Thomas insåg att hans faster var djupt bedrövad över något. Försiktigt tog han hennes arm och ledde henne till en schäslong och uppmanade henne att sätta sig.

”Är det något ni vill berätta för mig, faster?”, frågade han milt.

Det fanns tårar på hennes kinder när hon såg upp på honom. ”Kanske vi skämde bort henne”, sade Clarice med bruten röst. ”Men även jag blev lite bortskämd av mina föräldrar, och jag är säker på att jag inte var så hemsk som Louisa kan vara när hon inte får som hon vill. Jag såg hennes ansikte när lord Bellmere lämnade henne för att återvända till Ellen, och du följde efter; någon kommer att få betala för det, Thomas.”

”Vad menar ni?” Han förstod verkligen inte.

Clarice tvekade innan orden forsade ur henne i en störtflod. ”Hon är min dotter, det enda barn jag har kvar, men Gud hjälpe mig, hon skrämmer mig! Hon stack en tjänsteflicka en gång med en sax; den stackars flickan förblödde nästan, Havers var tvungen att betala henne för att hålla tyst ...”

Thomas tappade hakan. Han kunde knappt tro vad hans faster sade. ”Louisa *stack* en tjänsteflicka?”, sade han svagt medan Clarice snyftade.

”Det var så mycket blod”, snörvlade Clarice. ”Och Louisa verkade så lugn, bara stack henne om och om igen och sade att Nellie hade gjort ögon åt mr Danvers när hon bar in tebrickan.”

”Kristus!”, Thomas var bestört. Det var något allvarligt fel med Louisa, det var uppenbart. Han hade trott att Clarices ansträngningar att tillfredsställa Louisas varje nyck bara var en mors överdrivna ömhet mot en bortskämd dotter, men nu insåg han att Clarice var livrädd för konsekvenserna om Louisa skulle känna att hon inte fick sin beskärda del.

”Åh, gode Gud. *Ellen*.”

Han var på fötter utan att tänka, sprang mot dörren, rusade över hallen för att ta trappan tre steg i taget och ropade Ellens namn.

Bakom sig hörde han Clarice ropa hans namn, men han ignorerade henne helt, alltför inriktad på att komma till Ellen så snabbt som möjligt. För säkerhets skull. Louisa skulle väl inte skada henne, men...

Han sprang snabbare.

KAPITEL TRETTON

”VILKEN FÖRTJUSANDE EFTERMIDDAG!” UTBRAST Louisa när de gick uppför trappan tillsammans. ”Hade du trevligt, Ellen?”

”Ja, det hade jag”, instämde Ellen.

”Blev du förvånad över att själv få besök? Du såg överraskad ut när du kom in i salongen och fick se major Trevithick och lord Bellmere.”

”Det blev jag”, medgav Ellen. ”Även om båda två på balen igår kväll frågade om de fick uppvakta mig måste jag bekänna att jag inte riktigt förväntade mig att de skulle göra det, och absolut inte så snart.”

Louisa nynnade för sig själv och nickade. ”Kom in på mitt rum så kan vi prata vidare”, bjöd hon när de nådde hennes dörr. ”Jag har redan haft två säsonger och min beskärda del av påträngande friare. Det finns saker du borde veta.”

Hennes sista ord sades med en ton och ett uttryck av hemsk varning. Oroad följde Ellen genast efter Louisa in i hennes rum, där Louisas kammarjungfru såg upp, bestört, från sin syssla att lägga fram rena kläder på sängen.

”Ers nåd?”

”Lämna oss”, sa Louisa och viftade med en hand mot dörren. ”Jag ringer när jag behöver dig.”

”Javisst, ers nåd!” Flickan skyndade snabbt ut ur rummet och stängde dörren efter sig.

Louisa vandrade bort till sängen, nynnade eftertänksamt medan hon inspekterade klänningen som låg framlagd där och vände sig sedan bort och gick tvärs över rummet till ett elegant skrivbord vid fönstret.

Osäker på vad hon skulle göra stod Ellen nära dörren och väntade på att Louisa skulle tala eller bjuda henne att sitta. Men efter ett par minuters tystnad talade hon först.

”Vad är det för saker du tycker att jag borde veta, kusin?”

Louisa sa inget på ytterligare en hel minut utan lekte med en utsmyckad brevkniv i silver på sitt skrivbord innan hon slutligen vände sig om och såg på Ellen. ”Vem av dem kommer du att välja?” frågade hon.

Förvirrad blinkade Ellen. ”Ursäkta?”

”Major Trevithick eller lord Bellmere. Vilken kommer du att välja? Det är inte troligt att du hittar några andra friare, förstår du. Det är bäst för dig att acceptera en av dem snabbt, innan de inser att du inte riktigt är av vår ställning. Se hur Thomas höll sig i närheten när du talade med dem idag, livrädd för att du skulle säga eller göra något som skulle genera namnet Havers.”

Förskräckt tog Ellen ett steg tillbaka när Louisa närmade sig henne. "Verkligen?" Hennes röst darrade. "Jag trodde inte..."

Louisa hånlog. "Varför skulle han annars lämna min sida, för *din* skull?"

Ellen lät huvudet falla framåt. Hon hade inget svar på den frågan; Thomas beundran för Louisa hade varit uppenbar från första gången hon såg dem tillsammans. Med en skara rivaliserande friare i rummet skulle Thomas säkerligen inte ha lämnat Louisas sida om han inte såg det som en klar plikt att göra det.

"Så jag frågar igen, vem ska det bli, Trevithick eller Bellmere?" pressade Louisa på.

"Jag känner knappt någon av dem! Varför kräver du att jag väljer nu? Det kan väl inte vara så brådskande!" Hon kunde omöjligt fatta ett beslut av sådan vikt med en så ringa bekantskap, tänkte Ellen med en våg av ilska.

Louisas vackra ansikte förvreds av ett plötsligt raseri. "Jag var villig att låta dig få *en*", sa hon med en låg, hård, morrande röst. "Mamma sa att jag måste låta dig få en. Du är girig, Ellen." Hon bytte till en hög, nästan sjungande röst. "Välj, Ellen, du måste välja!"

Louisa var obegriplig och betedde sig mycket underligt. Plötsligt rädd tog Ellen ännu ett steg bakåt, mot dörren.

En kloliknande hand låste sig runt hennes handled. "Du måste välja, Ellen. Du är olydig."

”Släpp mig”, sa Ellen och försökte hålla rösten stadig trots att paniken grep tag i henne och fick knäna att darra. ”Du gör illa min handled. Thomas kommer att bli arg på dig för att du gör mig illa.”

Louisa lade huvudet på sned och ett fruktansvärt förvridet grin spred sig över hennes vackra ansikte. ”Jag vet din *heeeemlighet*”, sa hon och drog ut på ordet. ”Så dumt att tro att Thomas någonsin skulle se på dig. En sådan löjlig, naiv liten flicka.”

Ellen svalde. ”Släpp mig”, sa hon igen, men det blev allt svårare att tala lugnt. Louisas grepp var hårt, och trots sitt bräckliga utseende var den andra flickan skrämmande stark. ”Du mår inte bra, Louisa.” Hon började verkligen frukta att hennes kusin inte var riktigt klok. Det fanns ett underligt sken i Louisas blågrå ögon som talade om galenskap.

”Nu räcker det!” skrek Louisa plötsligt. ”Du vill inte *lyssna*!”

Ellen flämtade till när Louisas andra hand kom upp mellan dem, silver blixtrade till när hon förde brevkniven från sitt skrivbord mot Ellens strupe.

”Louisa, gör det inte”, kraxade hon, plötsligt stel av skräck.

”Du vill inte *lyssna*, så jag måste göra dig *tyst*”, kuttrade Louisa. Kall metall strök över Ellens hud, tryckte lätt till en början, och sedan hårdare. För rädd för att andas, undrande precis hur vass brevkniven var, stod Ellen blickstilla.

"Jag visste att du skulle förstöra allt från det ögonblick Thomas insisterade på att du skulle komma och bo på herrgården. Du borde ha gift dig med någon självägande bonde och stannat på landet. Då skulle jag inte behöva göra *det här*."

Louisa tänkte döda henne, insåg Ellen med vantro. Hon var galen, och hon tänkte faktiskt döda Ellen.

Någon uråldrig självbevarelsedrift slog till när Louisa drog tillbaka armen, och Ellen hoppade bakåt, hennes fria hand for upp för att försöka avvärja Louisa. Den andra flickan höll dock fortfarande fast i hennes handled och Ellen kom inte loss. Hennes häl fastnade i kanten på en av mattorna och hon snubblade och föll baklänges. Hon landade med en duns och lyckades äntligen få fram ett skrik när Louisa kom ner över henne, med illvilja skrivet över hela hennes vackra anletsdrag när hon högg ner med kniven.

Oförmögen att fly var allt Ellen kunde göra att försöka slå undan Louisas arm med sin egen. Istället för att tränga in i hjärtat träffade kniven hennes underarm, trängde rakt igenom mellan de späda benen i hennes handled och borrade sig djupt ner i golvbrädorna med kraften från stöten.

Ellen skrek av chock över den olidliga smärtan, fastnaglad vid golvet av kniven genom armen.

"Förbannade vare du!" skrek Louisa och ryckte i kniven, men den satt fast. Ellen skrek igen, plågad, när kniven rörde sig något inuti hennes arm. "Förbanna dig, *dö* då!" Hon släppte kniven, lade händerna runt Ellens hals och klämde åt.

"Ellen!" Thomas vrålade hennes namn, förbannade sina ben för att de inte bar honom snabbare när han tog trappan tre steg i taget, plötsligt helt säker på att Ellen var i livsfara. *"Ellen!"* Han slängde upp dörren till hennes sovrum utan att bry sig om att knacka och skrämde hennes stackars kammarjungfru. "Var är hon, Susan?"

Susan skakade bara på huvudet, stirrade på honom med uppspärrade ögon, och Thomas vände på klacken. Om Ellen inte hade kommit till sitt rum, måste hon av någon anledning ha gått in till Louisa. Louisa hade lurat in henne, utan tvekan, och Ellen, i sin okunskap om Louisas sanna natur, hade litat på henne.

Synen som mötte honom när han slängde upp Louisas dörr skulle för alltid stanna kvar hos honom; Ellen på rygg på golvet, blod som bredde ut sig i en stor pöl från hennes arm, fastnaglad vid golvbrädorna av en glänsande silverkniv. Louisa knäböjde över hennes orörliga gestalt med händerna runt Ellens hals.

Ellens ansikte var blått.

Louisa såg upp på honom, hennes mun öppnades, men vad hon skulle ha sagt skulle förbli okänt. Thomas hade aldrig i sitt liv slagit en kvinna, men han tvekade inte ett ögonblick innan han grep Louisa i axlarna och slängde henne tvärs över rummet.

Thomas föll på knä bredvid Ellens orörliga kropp och ropade hennes namn i ren förtvivlan.

"Thomas", sa Clarice från dörröppningen, och sedan, när hon tog in synen, "Åh, gode Gud i himlen."

"Allt är hennes fel!" ropade Louisa från andra sidan rummet, där hon hade fallit när Thomas slängt av henne från Ellen. "Hon ville inte välja!"

"Vad har du gjort?" ropade Clarice, fullständigt förtvivlad. "Åh, Louisa, vad har du *gjort*?"

"Ers nåd?"

Thomas såg upp och fann sin betjänt Kenneth i spetsen för en skara tjänare, alla med chockade uttryck i ansiktet.

"Skicka efter en läkare", beordrade han, "och ta henne", pekade han med ett darrande finger på Louisa, "och lås in henne någonstans tills jag kan hitta en domare."

Clarice gav upp ett förfärligt klagorop, men Thomas hade inte tid med henne. När faran från Louisa åtminstone tillfälligt var avvärjd vände han sin uppmärksamhet tillbaka till Ellen. Hon var fruktansvärt stilla, men den blå färgen bleknade något från hennes ansikte, vilket gav honom hopp om att hon ännu kunde leva. Han böjde sig nära hennes ansikte och vände på huvudet i hopp om att känna hennes andedräkt mot sin kind.

Där; den svagaste viskning av luft! "Hon lever", flämtade han av lättnad.

”Fröken Ellen!” skrek Susan när hon trängde sig igenom skaran av chockade, viskande tjänare och föll på knä på andra sidan om Ellens kropp. ”Åh, fröken Ellen! Vad har *hänt?*”

Thomas kunde inte svara henne, utan skakade bara på huvudet när Kenneth handgripligen förde en underligt tyst Louisa ut ur rummet med hjälp av en kraftig betjänt. Han kunde höra herr Henry ge order och skicka iväg flera betjänter för att hitta en läkare så snabbt som möjligt, men allt verkade mycket avlägset när han knäböjde bredvid Ellens orörliga gestalt, med handen varsamt placerad mot hennes bleka kind.

”Ers nåd”, han såg upp när Susan talade högt. Kammarjungfrun var blek, men hennes händer var stadiga när hon vädjande sträckte ut dem mot honom. ”Ers nåd... om vi väntar tills läkaren kommer hit kan det vara för sent.”

Thomas rynkade pannan, osäker på vad hon menade, åtminstone tills hon pekade på den stadigt växande blodpölen under Ellens arm.

”Vi måste stoppa blödningen, ers nåd, annars kan hon förblöda innan de hittar en läkare.” Susan sträckte sig bakom ryggen för att knyta upp banden på sitt förkläde och nickade åt honom. ”Jag kan förbinda hennes arm med det här så länge, om ni vill dra ut kniven.”

Thomas kände sig illamående vid blotta tanken, men Susan hade helt rätt, och åtminstone verkade Ellen vara medvetslös, så förhoppningsvis skulle hon inte känna någon smärta. Han tog ett djupt andetag, grep tag i knivens fäste och försökte att inte tänka på den kraft med vilken Louisa måste ha huggit Ellen, för att kniven skulle gå rakt igenom hennes arm och fastna i golvet.

Han ville inte vicka på kniven och kanske göra mer skada, så han gav den ett enda, kraftigt ryck med all sin styrka. Kniven lossnade och han kastade den åt sidan, oförmögen att röra vid den en sekund längre än nödvändigt.

"Håll i det här", sa Susan och gav honom ett av förklädesbanden. Tacksam över att hon verkade veta vad hon skulle göra lydde Thomas och såg på när hon lindade det vikta tyget hårt runt Ellens arm och täckte båda såren. När hon hade knutit banden satt Susan tillbaka på hälarna och bet sig nervöst i läppen. "Kanske borde ni flytta henne till sängen, ers nåd?"

"Inte här inne." Thomas ville inte att Ellen skulle vakna i Louisas rum. "Hennes eget rum." Lite färg återvände till Ellens bleka kinder, även om han kunde se lila blåmärken dyka upp på hennes hals. Försiktigt samlade han henne i sina armar och gav Susan ett tacksamt leende när hon varsamt lyfte Ellens skadade arm och placerade hennes hand över magen. Kammarjungfrun skyndade före honom, manade undan andra chockade tjänare och höll dörrarna vidöppna, och drog tillbaka täcket på Ellens säng när Thomas förberedde sig för att lägga ner henne.

"Tack", sa Thomas när Susan tog av Ellens skor. Han borde gå, antog han, särskilt som hushållerskan då kom inrusande med flera andra pigor, men han stod inte ut med att släppa Ellen ur sikte.

”Allt för fröken Bentley, ers nåd. Hon har varit mycket snäll mot mig.” Susan snyftade lätt, men Thomas kommenterade inte tårarna som rann nerför hennes kinder.

”Hon kommer att klara sig”, sa han uppmuntrande, lika mycket till sig själv som till Susan. ”Hon är stark. Och vi ska ta väl hand om henne, eller hur?”

”Den bästa, ers nåd”, sa Susan innerligt. ”Den allra bästa.”

KAPITEL FJORTON

DET VERKADE TA EN evighet för doktorn att komma. Hushållerskan försökte schasa ut Thomas, men han vägrade att lämna Ellens sida, rädd att hon skulle gå bort om han så bara för ett ögonblick tog blicken från hennes bröstkorgs svaga höjning och sänkning. Det vita förklädesbandaget som var hårt lindat runt hennes arm blev sakta blodrött. Hur mycket hade hon redan förlorat? Hur mycket *kunde* en människa förlora och ändå överleva? Skulle doktorn kunna sy ihop såren ordentligt? Thomas satt bredvid Ellen på hennes säng med hennes hand i sin, och han böjde sitt huvud och bad att Ellen skulle återhämta sig.

"Doktorn är här, ers nåd", sa mr Henry från dörröppningen, och Thomas lyfte på huvudet och fick se en liten, gråhårig man i en aningen sliten kostym och tjocka glasögon.

"Doktor Smithee, till er tjänst, ers nåd."

Thomas uppskattade att doktorn inte slösade tid på att buga och skrapa, utan raskt kom fram, stannade vid sängkanten och betraktade honom. "Det är nog bäst om ni lämnar rummet, ers nåd. Er personal kan säkert hjälpa mig till fullo."

"Jag går ingenstans", sa Thomas bestämt. "Fröken Bentley är min myndling och mitt ansvar." Och skulden var också hans, erkände han för sig själv; han skulle alltid klandra sig själv för att han inte hade pressat Clarice tidigare och upptäckt Louisas våldsbenägenhet. Han hade litat blint på henne och därmed utsatt Ellen för fara.

Doktor Smithee verkade godta hans tillkännagivande och gick runt till andra sidan av sängen, och trängde undan Susan som stod och vred sina händer medan doktorn undersökte Ellens hals och hummade tyst för sig själv. Någon hade uppenbarligen informerat honom om situationen innan han visades in i rummet, vilket Thomas var tacksam för.

"Otäckt", sa Smithee till slut, "men blåmärkena är inte så allvarliga att hennes liv är i fara, tror jag. Kalla kompresser med vatten och trollhassel kommer att vara välgörande."

Hushållerskan skickade genast iväg en piga från rummet, och doktorn vände sin uppmärksamhet mot Ellens arm.

"Snabbtänkt att bandagera den så hårt", sa han gillande. "Ers nåds verk?"

"Jag kan inte ta åt mig äran; det var fröken Bentleys kammarpiga Susan som föreslog att vi skulle stoppa blödningen och använde sitt förkläde som bandage", sa Thomas och nickade mot Susan, som rodnade och sänkte huvudet.

”Bra jobbat, flicka. Jag antar att ni inte skulle vara intresserad av att byta karriär? Bra sjuksköterskor med sunt förnuft som ert är svåra att hitta.”

Susan såg helt förskräckt ut men skakade eftertryckligt på huvudet. ”Jag är glad över att vara kammarpiga, sir”, sa hon blygt. ”Dessutom skulle jag inte vilja lämna fröken Bentley.”

”Hon är säkert glad över er tjänst. Nå, låt oss ta en titt här. En smal klinga, hm?” Doktorn granskade såret på ovansidan av Ellens arm när han tog bort bandaget.

”Det var en brevkniv, tror jag”, sa Thomas dystert och tänkte medan han talade att Louisa måste ha vässat kniven i smyg och sett till att hon alltid hade ett dödligt vapen till hands. Vad i all sin dar skulle han göra med henne? Kanske borde han be den gode doktorn om råd efter att Ellen hade tagits om hand.

När doktor Smithee hade sytt färdigt flera stygn på vardera sidan av Ellens arm hade den andra pigan återvänt med ett handfat med rent vatten blandat med trollhassel. Doktorn tog en av de rena dukarna som pigan räckte fram och dränkte den i vattnet, kramade ur den och lade den sedan försiktigt över blåmärkena på Ellens hals.

”Byt duken varje halvtimme”, instruerade doktorn Susan. ”Nå, låt oss se om vi inte kan få fröken Bentley att vakna till, hm?” Han tog fram en liten flaska ur sin väska, öppnade den och höll den under Ellens näsa.

Den starka doften av salmiak fick Thomas ögon att tåras, och den verkade fungera även på Ellen i hennes medvetslösa tillstånd, för hennes ögonlock fladdrade och hon hostade.

"Ellen", sa Thomas enträget och klämde hennes hand. "Ellen! Öppna ögonen, min kära."

Hennes ögonlock fladdrade igen, och han insåg ovidkommande att han aldrig hade lagt märke till hur långa och mörka hennes ögonfransar var, en tjock solfjäder som nuddade vid hennes bleka kind.

"Tho-Thomas?" viskade hon tjockt, innan hon hostade igen. "Uh." Hon försökte lyfta handen mot halsen, men han klämde försiktigt hennes fingrar.

"Försök inte prata, min kära. Din hals är mycket blåslagen." Han betraktade henne och försökte le lugnande när hon äntligen öppnade ögonen helt och såg rakt på honom, även om deras bruna färg verkade matt, glaserad av smärta.

"Jag känner mig så trött", viskade Ellen och hennes ögonfransar sänktes igen. I panik såg Thomas på doktorn, som nickade lugnande.

"Efter en sådan blodförlust kommer hon att vara trött en tid framöver. Oxbuljong varje dag kommer snart att få henne på fötter igen, men ni måste naturligtvis hålla noggrann uppsikt efter infektioner."

Thomas lyssnade noga medan doktorn talade och redogjorde för vad som måste göras för Ellens vård. Han lovade också att komma varje dag för att se till henne tills hon var helt återställd från sin prövning.

"Jag undrar om jag skulle kunna få tala med er angående, äh, gärningsmannen?" sa Thomas tyst när doktor Smithee började packa ner sina saker i väskan igen. Han ville inte lämna Ellen, men lade försiktigt ner hennes hand och reste sig från sängen, gick bort till fönstret och vinkade åt doktorn att följa med.

"Jag antar att någon berättade för er vem som attackerade Ellen?" frågade Thomas lågt.

"Javisst." Doktorn kisade på honom över sina glasögon. "Tillåt mig att säga det, ers nåd, men det låter som om lady Louisa kan vara något, äh, *sinnesrubbad*."

"Jag litar på att vi kan räkna med er diskretion i frågan? Jag kommer att se till att det är värt ert besvär."

Doktor Smithee såg uppriktigt förfärad ut. "Självklart, ers nåd! Mina patienters sekretess är av yttersta vikt!"

Annars skulle han inte vara en läkare för aristokratin, antog Thomas. Ryktet om hans oförmåga att hålla på hemligheter skulle snart spridas.

"Det är bra", sa han högt. "Min faster har gjort mig medveten om att detta inte är lady Louisas första våldsamma episod. Hon var fruktansvärt nära att döda fröken Bentley idag, och det är uppenbart för mig att hon måste dras tillbaka från societeten och behandlas för sin sjukdom. Jag undrade om ni hade några rekommendationer?"

Smithee kisade lite och sög på tänderna. "Jag förstår att ni är amerikan, ers nåd – har ni kanske hört talas om Bethlem Hospital?"

"Bedlam, menar ni? Det har jag, men ett sådant botemedel är väl helt olämpligt för en ung dam som min kusin, hur störd hon än må vara!" Thomas hade läst om det ökända sjukhuset för sinnessjuka i tidningarna, och det hade faktiskt föreslagits för honom att han skulle besöka anläggningen, även om han inte kunde tänka sig något mer groteskt.

"Absolut, jag skulle aldrig rekommendera en sådan plats. Bethlem är det mest kända, men det finns flera behandlingshem för dem som inte är vid sina sinnens fulla bruk, både i London och på landsbygden. En vän till mig som jag gick på läkarutbildningen med är överläkare på en liten anläggning på Isle of Wight. De tar bara emot ett fåtal patienter från de övre klasserna åt gången, som naturligtvis tas om hand mycket väl. Kanske skulle jag skriva ett brev till honom och fråga om de kan ha en ledig plats?"

"Tack", sa Thomas tacksamt. "Vi kommer att lämna London så snart Ellen – fröken Bentley, vill säga – är i stånd att resa, och jag hoppas ha en plats att ta lady Louisa till före det."

Ellen hostade från sängen, och Thomas vände sig genast bort från doktorn, ivrig att återvända till henne. Även om han visste att Louisa måste hanteras – och han skulle behöva ha ett allvarligt samtal med Clarice också – kunde han just nu inte stå ut med att vara borta från Ellens sida.

Susan verkade dock ha andra idéer. Kammarpigan hejdade honom innan han nådde sängen, neg vördnadsfullt och sa: "Ursäkta mig, ers nåd, men vi behöver göra fröken Bentley bekväm."

Thomas rynkade pannan och tittade på Ellen som vilade mot sina kuddar. Hon såg alldeles bekväm ut för honom.

"Ta av henne den där klänningen och bädda ner henne", sa Susan rakt på sak, och han nickade, och förstod äntligen. Ellens klänning var blodstänkt och fläckig, och hon skulle säkert bli upprörd om hon vaknade och fann att hon fortfarande bar den.

"Jag borde gå och se till min faster, och försäkra mig om att lady Louisa är säkert inlåst", föreslog Thomas, och Susan gav honom en gillande nick och ytterligare en nigning innan hon helt vände sin uppmärksamhet mot att tillgodose Ellens behov.

Ellen vaknade med en pulserande värk i armen och en förtvivlad törst. Att hosta gjorde mycket ont, tills en stark arm bakom hennes axlar hjälpte henne upp till sittande och ett glas hölls mot hennes läppar.

Vatten sipprade in i hennes mun, lenande och svalt, lätt smaksatt med honung och citron. Hon svalde, hostade, smuttade lite till.

"Lugn och fin", sa Thomas röst tyst i hennes öra. "Drick långsamt."

"Thomas?" Utmattad av ansträngningen att dricka viskade hon hans namn när hennes huvud rullade tillbaka mot hans axel. En osynlig hand tog bort glaset, och Thomas hjälpte henne försiktigt att lägga sig ner igen. "Vad hände?" Hennes röst var en tunn tråd, varje ord en enorm ansträngning att få fram.

"Louisa attackerade dig."

Med ens kom Ellen ihåg. Hela kroppen stelnade, hennes ögon spärrades upp när hon ryckte till och försökte sätta sig upp.

"Det är ingen fara", lugnade Thomas och tryckte henne försiktigt tillbaka. "Hon kan inte skada dig. Du är i fullständig säkerhet."

Det gjorde verkligen för ont för att tala, men Ellen lyfte sin arm för att titta på bandaget som omgav den. Hon hade alltså inte inbillat sig det, den fruktansvärda smärtan när Louisas kniv trängde igenom hennes kött.

"Ellen", sa Thomas, och hon höjde blicken för att se på honom. Han satt i en stol tätt intill sängen, med rocken avlagd och skjortärmarna uppkavlade, vilket avslöjade starka underarmar. Han såg utmärglad ut, och för första gången hon kunde minnas fanns det inget leende på hans vackra ansikte för henne. "Åh Ellen, jag är så ledsen."

Hon skakade på huvudet åt honom, pressade fram några ord. "Inte ditt fel."

"Clarice erkände att Louisa har varit våldsam tidigare. Hon attackerade en kammarpiga en gång; stack henne med en sax för att hon påstods ha flörtat med en av hennes friare. Hon verkar behöva stå i centrum för uppmärksamheten, och när Clarice väl erkände det, insåg jag att hennes svartsjuka mot dig kunde ha blivit mer illvillig."

Men hur kunde han någonsin ha vetat att Louisa skulle kunna tappa fattningen så? Ellen skakade på huvudet åt honom igen, och sträckte sig ut för att röra vid hans kind när hans huvud sänktes, även om hon grimaserade när hon rörde armen.

"*Inte* ditt fel", viskade hon igen.

"Du kommer aldrig att behöva se henne igen. Det lovar jag dig. Herr Gallagher undersöker ett sjukhus för sinnesrubbade, som doktorn som undersökte dig föreslog."

"Inte Bedlam!" Ellens ögon vidgades igen, när hon med fasa tänkte på allt hon hade läst om den platsen. Där skulle det inte finnas någon hjälp för Louisa, bara vanvård och ett vidare fall ner i galenskap, och trots vad Louisa hade gjort, skulle Ellen inte önska henne det.

"Nej, inte Bedlam. En plats på Isle of Wight, har jag förstått. Ett gods, en plats där Louisa kan vila och behandlas för den sinnessjukdom som får henne att agera så."

Tyst betraktade Ellen Thomas. *Han måste vara förkrossad*, tänkte hon. "Och när hon blir bättre?" viskade hon till slut. "Kommer du att gifta dig med henne?"

Thomas huvud flög upp, hans uttryck var ren chock. "Gifta mig med Louisa?" utbrast han. "Gode Gud, nej! Hur skulle Louisa någonsin kunna tillåtas gifta sig med *någon*? Tänk om hon fick *barn*, Ellen?"

"Du tror att galenskapen kan gå i arv?"

"Det, eller så kan hon vara en fara för dem själv! Jag skulle aldrig kunna förlåta mig själv om hon skadade ett barn, med vetskapen om att det stod i min makt att se till att hon aldrig skulle få chansen. Nej", Thomas skakade på huvudet. "Skulle någon man be om att få gifta sig med Louisa, skulle jag vara tvungen att berätta sanningen för dem."

Ingen man skulle gifta sig med Louisa då, visste Ellen. Eller om någon gjorde det, skulle det enbart vara för hennes hemgift, och han skulle troligen göra något fruktansvärt som att spärra in henne på Bedlam. Genom att neka henne chansen att gifta sig skyddade Thomas henne åtminstone från det.

"Jag är så ledsen", viskade hon. "Du måste vara förkrossad. Jag vet att du älskade henne."

KAPITEL FEMTON

THOMAS BLINKADE FÖRVÅNAT NÄR Ellen viskade sina medkännande ord med sin späda hand utsträckt för att lätt vidröra hans handled.

"Du tror att jag är förälskad i *Louisa*", sa han med gryende insikt. "Det är jag sannerligen inte, Ellen."

Hennes blick från sidan uttryckte cynism inför hans förnekelse.

"Verkligen! Ja, jag var något förblindad av hennes skönhet i början, men det tog mig inte lång tid att inse att hon och jag absolut inte har några gemensamma intressen. Varje gång vi försöker prata slutar det i en pinsam tystnad när jag får slut på saker att säga till henne."

Ellens läppar ryckte till. Hon trodde inte att hon någonsin ens hade sett Thomas tvingas till en pinsam tystnad; han verkade aldrig ha några svårigheter att prata med *henne*.

När Thomas såg hennes roade min lyfte han hennes hand till sina läppar och tryckte varsamt en kyss mot dess baksida. "Det har dock tagit mig en helt oförsvarligt lång tid att inse att jag redan har träffat den enda kvinna med vilken jag *kan* tänka mig att tillbringa resten av mitt liv i fullkomlig harmoni och tillfredsställelse."

Ellen rynkade pannan då hon uppenbarligen undrade vem han menade, vilket fick Thomas att skaka på huvudet och skratta. Hon var alltför blygsam.

"Dig, Ellen", sa han mjukt. "Jag menar dig."

Hennes ögon vidgades och läpparna skildes åt i chock. Hon försökte dock inte tala, så han kämpade tappert vidare och hoppades desperat att hon inte skulle avvisa honom utan att åtminstone tänka över saken.

"Från vårt allra första möte slogs jag av er godhet och ert goda hjärta; ert sätt att behandla andra, särskilt tjänstefolk, är ett föredöme som jag önskar att fler skulle följa. Det är till min skam att jag inte förrän nu, när två andra män vid första anblicken såg era framstående goda egenskaper och omedelbart önskade uppvakta er, förstod hur tomt mitt liv skulle vara om ni gifte er med en annan. Jag älskar dig, Ellen. Jag kan inte föreställa mig att leva mitt liv utan att se dig varje dag, utan att prata med dig om de problem som bekymrar mig, utan att dela mina triumfer och tragedier med dig."

Ellens ögon fylldes av tårar när hon såg på honom, men hon talade fortfarande inte. Thomas stakade sig vidare.

"När jag såg dig ligga på golvet med blod överallt stannade mitt hjärta. Jag skulle ha gjort vad som helst i den stunden, till och med offrat mitt eget liv, för att du bara skulle se på mig och le."

Hon log mot honom samtidigt som en tår rann nerför hennes kind. Han sträckte sig fram för att varsamt stryka bort den och bad: "Förlåt mig för att jag var långsam med att inse att det inte finns någon annan jag skulle kunna älska." Han tvekade ett ögonblick och fortsatte sedan. "Detta är kanske det mest oläggliga ögonblick jag kunde ha valt men ... jag älskar dig helt desperat, ser du, och om jag inte ber dig att gifta dig med mig nu, kanske jag aldrig mer uppbådar modet."

Ellen kunde knappt tro vad Thomas sa. Det var varenda längtansfulla dagdröm hon någonsin haft, och alla blev sanna på en och samma gång. Det enda problemet var att hon knappt kunde få fram ett ljud.

"Fråga mig igen när jag kan tala", viskade hon genom glädjetårar, "så att jag fullt ut kan uttrycka all den glädje jag känner i denna stund."

Genast förbyttes Thomas bävan till ren glädje, och han lyfte hennes hand till sin mun igen och överöste den med kyssar. "Kärastes älskade", sa han, om och om igen, "min kärastes, älskade Ellen!"

Hon undrade fortfarande om hon befann sig i någon slags feberdröm, men om det verkligen var en dröm, skulle hon gladeligen aldrig vilja vakna. Thomas tog fram sin näsduk och torkade hennes våta ansikte innan han lutade sig fram för att trycka en respektfull kyss på hennes kind. Vilket mer än något annat övertygade henne om att det var verkligt; om det hade varit en dröm skulle han säkerligen ha varit lite mindre respektfull och kysst hennes läppar, så som hon hade dagdrömt om så många gånger.

Det var först då, när Thomas reste sig och sa att hon borde vila, att han var tvungen att tala med Clarice, som Ellen insåg att de aldrig hade varit ensamma. Susan hade suttit på en pall vid sängens fotända hela tiden.

”Är ni hungrig, fröken? Doktorn rekommenderade köttbuljong åt er och jag har lite varm här, om ni tror att ni kan smutta i er lite”, sa Susan, när Thomas lämnade rummet.

Ellen nickade och rodnade djupt.

Susan log blygt mot henne när hon kom för att stå vid hennes sida. ”Det är egentligen inte min sak att säga, fröken, men gratulerar”, sa kammarpigan och log brett. ”Ni och hans nåd kommer att bli mycket lyckliga tillsammans, det är jag säker på! All personal kommer att bli överlycklig när de får höra nyheten att ni ska bli deras nya härskarinna!”

Det var något hon inte ens hade tänkt på; genom att gifta sig med Thomas skulle hon bli den nya grevinnan av Havers, vilket var en ganska nervpirrande tanke. Hon kände sig dock förvissad om att Thomas inte skulle vilja att hon härmade Clarice, med hennes högdragna sätt och avfärdande av dem som inte delade hennes upphöjda rang.

Susan hjälpte Ellen att smutta på varm köttbuljong från en liten mugg med pip, tills hon slutligen skakade på huvudet för att visa att hon inte orkade dricka mer.

"Doktorn lämnade lite laudanum till er", sa Susan, "han sa att ni borde ta en droppe ikväll för att hjälpa er att sova, med smärtan i er arm."

Ellen tyckte inte särskilt mycket om laudanum, eftersom hon mer än en gång hade sett effekterna av överdrivet intag i sitt arbete med att hjälpa sin mor i församlingens plikter. Med tanke på smärtan i armen och halsen nickade hon dock accepterande. Vallmobetingad glömska skulle vara välkommen just nu.

Den bittra smaken dröjde kvar på tungan, men hon kände snart hur hon drev iväg, hur en domning sköljde över henne och tvättade bort smärtan. Hon var på gränsen till sömn när Thomas åter satte sig vid sängen.

"Thomas", viskade hon hans namn och famlade efter hans hand. Varma, starka fingrar slöt sig om hennes.

"Jag är här. Sov, Ellen. Du är trygg, jag lovar."

Hon ville hålla sig vaken, för att se på hans kära, älskade ansikte, men vallmon hade henne djupt i sitt grepp. Hennes ögonlock var så tunga. De föll igen till ljudet av Thomas som nynnade en mjuk, lugnande vaggvisa.

Ellen vaknade skrikande, eller åtminstone försökandes, men bara hesa kraxanden kom från hennes blåslagna strupe. Thomas var genast där, med starka armar som slöt sig om henne medan han talade och försäkrade henne om att hon var i säkerhet.

Lutad mot Thomas starka bröst kom Ellen ihåg den andra anledningen till varför hon inte tyckte om laudanum. Hennes mor hade gett henne det när hon var omkring tio år och hade en infekterad tand. Mardrömmarna hade väckt henne skrikande fem gånger den hemska natten. Vad hon hade drömt kunde hon inte säga; namnlösa fasor med vassa tänder och rivande klor nafsade i utkanten av hennes medvetande.

"Det är ingen fara", viskade Thomas och strök hennes hår, och hon insåg att han hade satt sig på sängkanten för att bättre kunna trösta henne. Djärvt lade hon sin arm om hans midja och lutade sig närmare, och kände till sin förvåning hur han lade ömma kyssar mot hennes hår och panna.

Rummet var ganska mörkt, endast upplyst av det svaga skenet från den glödande brasan och en enda ljusstake på hennes byrå.

"Vad är klockan?" viskade hon slutligen.

"Någon gång efter midnatt. Jag skickade Susan att sova; behöver du något?"

Hon skakade på huvudet mot hans bröst. "Det var bara en mardröm." Hennes ögonlock började redan bli tunga igen.

"Sov", sa Thomas mjukt till henne. "Du är helt trygg, jag lovar." Han kysste hennes hår igen och lade henne varsamt ner bland kuddarna. Tröstad av hans värme, kurade Ellen ihop sig nära honom och lät sig själv somna om igen.

”Ers nåd, doktorn är här.”

Susans röst väckte Ellen ur hennes slummer; hon var varm och bekväm, och helt ovillig att röra sig. Olyckligtvis verkade hennes säng ha andra planer, då den rörde sig under henne.

”Vad i... åh.” Hon öppnade ögonen och upptäckte att det inte var hennes säng som rörde sig, utan Thomas, på vars bröst hon för närvarande vilade. Han gav henne ett förläget leende när han varsamt lade henne tillbaka mot kuddarna, och hon såg sig omkring i rummet med flammande kinder. Endast Susan verkade vara vittne till deras mycket komprometterande situation, och kammarpigan stod med bortvänt ansikte och tittade bestämt inte på dem.

”Jag ska bara gå och göra mig presentabel”, sa Thomas tyst till Susan när hon passerade. ”Jag väntar utanför; var snäll och kalla in mig när doktorn har avslutat sin undersökning.”

För första gången var Ellen tacksam för sin ömma hals, eftersom det innebar att hon hade en utmärkt ursäkt för att inte försöka förklara det oförklarliga. Susan verkade i varje fall tämligen glad över att låtsas som om hon inte hade sett något opassande, medan hon jäktade runt med att städa i rummet och hjälpa Ellen att sätta sig upp, borsta om hennes hår och dra tillbaka det i en lös fläta.

"Sådär ja, fröken." Susan gav henne ett varmt leende och klappade lätt på hennes hand. "Ska jag hämta in doktorn nu?"

Ellen kom inte ihåg att hon hade träffat doktor Smithee föregående kväll, men hans lugna sätt ingav förtroende, och hon lutade sig tillbaka för att låta honom inspektera hennes hals med varsamma fingrar. Han rörde inte bandaget runt hennes arm, utan frågade henne hur den kändes och lyssnade allvarligt på hennes viskade svar.

"Om ni inte börjar känna hetta i den, eller får feber, tror jag att vi ska låta den vara i några dagar till", sa han slutligen. "Kompresserna med trollhassel gör sitt jobb för att minimera blåmärkena på er hals, vilket ärligt talat var min mest omedelbara oro. En allvarlig svullnad där skulle kunna begränsa er andning. Fortsätt med dem i minst två dagar till", instruerade han Susan, som snabbt nickade för att bekräfta ordern.

"Min röst?" viskade Ellen. Hon kunde knappt få fram ett ljud; även ett försök att ropa resulterade inte i mer än ett svagt, och smärtsamt, kraxande.

"Tålamod, min kära." Doktor Smithee plirade mot henne. "Otäcka blåmärken tar några dagar att läka, eller hur? Nåväl, om några dagar tror jag att ni kommer att märka att er röst börjar återvända. Drick rikligt med lenande te och ät soppa tills ni känner er kapabel att äta något fastare. Jag tror att ni själv är er bästa vägledare när det gäller ert tillfrisknande; jag tvivlar inte på att lord Havers kommer att hålla ett vakande öga för att se till att ni inte gör för mycket, i vilket fall som helst."

Ellen log blygt och sänkte blicken vid omnämnandet av Thomas namn, och doktorn nickade och tog ett steg tillbaka.

"Ja, jag tvivlar inte på att hans nåd väntar utanför dörren just i detta ögonblick, ivrig att bli insläppt så att han kan förhöra mig om era framsteg. Släpp in honom, om ni vill, min goda kvinna", sa han till Susan, som skyndade till dörren för att lyda honom.

KAPITEL SEXTON

NÄR DOKTOR SMITHEE HADE gått, spillde Thomas ingen tid utan slog sig åter ner på sängen bredvid Ellen och tog henne i sin famn. Med en blyg blick på Susan, som omsorgsfullt ignorerade dem, lutade Ellen sitt huvud mot hans bröst. Hon hade frågor att ställa, men just nu kändes det så skönt att bara få hållas tätt och tryggt i Thomas armar.

Till sist viskade hon: "Vad händer nu?"

"För oss?" frågade Thomas och gav henne en öm kyss på pannan.

"Louisa, Clarice också." Trots att hon hade grubblat så det knakat kunde Ellen inte se någon utväg ur den rådande situationen utan att familjen skulle drabbas av någon slags skandal, en som Thomas inte förtjänade.

"Ah. Ja. Jo, jag har skickat en förfrågan till det sjukhus den gode doktorn berättade om på Isle of Wight, och jag hoppas få svar från dem inom några dagar. Om de kan ta emot Louisa för behandling måste jag eskortera henne dit. Clarice har uttryckt en önskan att få bo nära sin dotter, så hon kommer att följa med och jag ska ordna ett hus åt henne, anställa tjänstefolk och dylikt.”

Ellen klämde hans hand, glad över hans omtanke, men frågorna kvarstod. Vad skulle folk säga om Louisa och Clarice bara försvann mitt under den lilla säsongen?

”Beträffande vilken historia vi ska sprida hade jag en idé om den saken som jag ville dryfta med dig”, sa Thomas, nästan som om han hade läst hennes tankar. ”Att låta folk få veta att Louisa är farligt sinnessjuk är ... inte idealiskt.”

Hon fnös åt underdriften, även om det fick henne att hosta.

”Så jag tänkte att vi kunde berätta för folk att hon rymt med en betjänt.”

Ellen satte i halsen. Med uppspärrade ögon stirrade hon på Thomas, som småskrattade åt hennes reaktion. Han menade fullkomligt allvar, insåg hon när han talade igen.

”Clarice kommer naturligtvis att välja att dra sig tillbaka från societeten i skam. Hon ämnar ändå leva tillbakadraget på Isle of Wight, och den som eventuellt skulle känna igen henne eller Louisa vid ett besök hos egna släktingar på mentalsjukhuset kommer sannolikt inte att yppa ett ord, av skäl som har med deras egen sekretess att göra.”

Även om idén först verkade befängd, såg Ellen snart förnuftet i den. Hon rörde dock vid sin hals och såg frågande på Thomas.

”Ja, vi måste hålla oss undan tills din hals har läkt”, instämde Thomas, ”även om ett fall av influensa skulle förklara både doktorns besök och vår frånvaro från societeten i åtminstone ett par dagar. Det är lätt ordnat att mr Henry talar om för alla som kommer på besök att du, Clarice och jag alla är drabbade, och att Louisa 'drar fördel' av vår sjukdom för att 'rymma' med sin älskare."

Det var faktiskt en mycket listig plan, tänkte Ellen när hon i tankarna gick igenom några av svårigheterna. Även om det säkerligen skulle bli en skandal, skulle Louisa knappast vara den första arvtagerskan som vanärat sig med en älskare från tjänstefolket, och att Clarice drog sig tillbaka från societeten skulle vara en fullkomligt naturlig reaktion på sin dotters fall från äran.

"Tjänstefolket?" frågade hon hest och sneglade bort mot Susan som nu satt tyst vid fönstret och sydde.

"De har ingen önskan att se hela familjen Havers vanäras på grund av en medlems galenskap. Du har gjort dig mycket omtyckt av dem, Ellen. Du skulle ha hört firandet i nedre våningen när Susan berättade för dem om våra nyheter. Jag tror att jag har blivit gratulerad av nästan varenda anställd till mitt utmärkta val av brud."

Hon rodnade vid komplimangen och sänkte blygt blicken. Thomas väntade tålmodigt på att hon skulle se på honom igen, varpå han passade på att stjäla en kyss.

Ellen var ännu rödare när han drog sig tillbaka, och han småskrattade varmt. "Du måste gifta dig med mig nu i vilket fall som helst. Du är hopplöst komprometterad, inte för att någon som vet skulle yppa ett enda ord om det."

Hon uttryckte sin åsikt om hans dåliga humor med ett lätt slag mot hans arm. Thomas log innan han fortsatte.

”Och vi har den perfekta bundsförvanten för att hjälpa oss sälja historien. Din nya väninna lady Jersey.”

Ellen gav honom en skräckslagen blick. Lady Jerseys rykte som skvallertant var oöverträffat; om hon inte köpte historien var de dömda. Hon skulle utan tvivel gräva tills hon avslöjade sanningen, och hon hade resurserna och kontakterna för att rota fram den.

Å andra sidan hade lady Jersey inte visat någon särskild förkärlek för Louisa eller Clarice. Om Ellen och Thomas erbjöd henne ett snaskigt skvaller – framfört med passande beklagande, förstås, över en situation som inte kunde hjälpas och en skandal som inte kunde döljas – varför skulle hon då leta vidare?

”Du verkar ha tänkt igenom allting mycket väl”, viskade Ellen till sist.

”Det är bara stommen till en plan, Ellen, och en som jag inte ens skulle överväga att genomföra utan att först ha diskuterat den med dig. Du vet mycket väl att jag från allra första början har värderat ditt råd högre än alla andras. Att göra detta utan ditt godkännande är otänkbart.”

Ellen sträckte upp handen för att röra vid hans ansikte i stilla förundran. Han hade uppenbarligen låtit sin betjänt raka honom medan doktorn tog hand om henne, för hans kind var slät och hennes fingertoppar gled lätt över huden.

”Jag älskar dig, Thomas”, viskade hon.

Uttrycket i Thomas ansikte var ett av ren glädje och beundran när han drog henne närmare och kysste henne igen, denna gång tills hon trodde att hon skulle svimma av ren förtjusning.

"Ahem", sa Susan så småningom, och Thomas släppte Ellen med ett tyst skratt.

"Frukta icke, Susan, jag ämnar inte skända Ellen innan vi har avlagt våra löften i kyrkan."

"Jag skulle aldrig tvivla på er, ers nåd", svarade Susan med en underton av skratt i rösten.

"Utmärkt, Susan. Utmärkt. Jag anser faktiskt att ni förtjänar en befordran för er lojala tjänst. Hur låter det att bli personlig kammarjungfru åt grevinnan av Havers?"

"Så länge det är den blivande grevinnan och inte den nuvarande, är jag både förtjust och hedrad, ers nåd", sa Susan gravallvarligt.

Att skratta gjorde för ont, så Ellen svalde skrattet och vilade huvudet mot Thomas axel igen. Hennes ögonlock kändes tunga, och hon insåg att sömnen närmade sig än en gång.

"Sov", viskade Thomas och kysste ömt hennes kind. "Jag har mer nyheter när du vaknar igen. För nu behöver jag att du vilar, återfår din styrka. Jag kommer att behöva ditt kloka råd när du vaknar, om vi ska lyckas med detta."

Planen att förflytta Louisa och Clarice till Isle of Wight gick som på räls. Thomas lät sin sekreterare skriva artiga avböjanden på alla inbjudningar de fick och förklarade att influensan hade slagit ut dem alla, och tjänstefolket sa detsamma till alla som frågade. Doktor Smithees regelbundna besök i huset bekräftade bara detta i allas medvetande.

Clarice kom för att träffa Ellen en gång före deras avfärd. "Jag är ledsen", var allt hon lyckades säga, medan tårarna strömmade nerför hennes kinder. "Jag hoppas att ni och Thomas blir lyckliga tillsammans, verkligen." Hon kunde inte se Ellen i ögonen när hon talade.

"Jag hoppas att Louisa finner frid", var allt Ellen kunde komma på att säga. Hon tyckte djupt synd om Clarice, men den äldre kvinnans beslut för att skydda sin dotter hade nästan orsakat Ellens död, och även med Ellens förlåtande natur kunde hon inte förmå sig att helt frikänna Clarice från skuld.

Thomas var naturligtvis tvungen att eskortera Clarice och Louisa till deras destination. Sent en natt smög de ut ur London i en täckt vagn, en utan familjens vapensköld präglad på den. Fortfarande svag och lätt utmattad lät Thomas Ellen lova att stanna i sängen tills han kom tillbaka, och gav tjänstefolket i uppdrag att sörja för hennes välbefinnande. Han hatade att lämna henne, men det fanns ingen annan råd; hon var inte frisk nog att resa och han var tvungen att se till att Clarice och Louisa kom till rätta. Brev som skickats i förväg för att arrangera Louisas vistelse på mentalsjukhuset och ordna ett hus för Clarice skulle, hoppades han, minimera den tid han skulle behöva tillbringa på ön.

Doktor Smithee hade ordinerat örter och teer som de hade använt för att hålla Louisa lugn ända sedan hennes attack på Ellen, och hon tillbringade resan i ett tyst, drömlikt töcken. En eller två gånger mumlade hon något om "en smekmånad vid havet" och Thomas insåg att hon trodde att de var gifta, eller snart skulle bli det. Då han inte ville störa hennes lugna sinnesstämning sa han ingenting för att motsäga henne, men såg till att hålla avstånd och red vid sidan av vagnen istället för i den under större delen av resan.

Sjukhuset var inrymt i ett stort, elegant inrett lanthus nära öns mitt. Med tanke på avgifterna de tog ut för att skriva in patienter *borde* egendomen vara väl underhållen, ansåg Thomas, och var nöjd med att notera den exceptionella renligheten i varje rum. Även om de boende tilläts umgås med varandra, skedde det endast under övervakning, och ingen boende tilläts ströva ensam utanför eller lämna godsets marker under några omständigheter.

"Ni borde ge er av", sa Clarice tyst till Thomas medan Louisa inspekterade den stora, välutrustade sviten som avsatts för hennes personliga bruk. Hennes "kammarjungfru" var en specialutbildad sjuksköterska, en stor, chosefri lantkvinna med tjock Hampshireaccent som var väl medveten om Louisas tidvisa våldsamma böjelser, och, försäkrade hon Thomas privat, väl rustad att hantera dem.

"Ni har inte sett ert hus än", protesterade Thomas och vände sig för att se på sin faster.

"Jag lämnar inte Louisa ensam här än. Hennes raseri när ni ger er av kommer att bli en ful syn; jag kanske kan lugna henne något. När hon har funnit sig till rätta här, låter jag vagnen köra mig till huset. Ni har varit mer än vänlig, Thomas, som gett mig min egen vagn och köpt ett hus och ordnat allt ... det här."

Clarice verkade vara en annan kvinna, tänkte Thomas. Men vad skulle hon ha gjort för att dölja Louisas fruktansvärda hemlighet, om hon hade kunnat? Hennes tystnad kostade nästan Ellen livet, och han kunde inte, skulle inte lita på henne. Han hade redan avdelat en man för att säkerställa att varken hon eller Louisa någonsin skulle få passage tillbaka till fastlandet utan hans uttryckliga tillstånd.

Med en sista blick på Louisa, som undersökte ett nätt skrivbord fullt utrustat för henne med papper, pennor och bläck – även om de brev hon skickade aldrig skulle nå sin destination, om det inte var till honom – nickade Thomas.

"Ta hand om er, Clarice. Om det är någonting ni någonsin behöver – vad det än må vara – ber jag att ni genast låter mig veta."

Hon erbjöd ingen omfamning, utan böjde bara majestätiskt på huvudet och sa ett enda ord.

"Adjö."

KAPITEL SJUTTON

THOMAS DOLDE INTE SIN återkomst till London. Han skulle ju trots allt föreställa återvända efter ett förtvivlat försök att genskjuta Louisa innan hon nådde Skottland med sin älskare av låg börd. Senare samma dag skulle en täckt vagn lämna huset, och han skulle berätta för alla som frågade att Clarice satt i den, på väg för att vara med sin dotter när de slog sig ner på en okänd ort.

Just nu kunde han bara tänka på Ellen, medan han lämnade över tyglarna till sin trötta häst till en stallknekt som önskade honom en god dag. Han tog trappstegen upp till huset två i taget, steg förbi en leende mr Henry och styrde stegen mot den inre trappan.

”Inte den vägen, ers nåd!”, ropade mr Henry efter honom.

”Ursäkta?”, sade Thomas och stannade med ena foten på nedersta trappsteget.

”I salongen, ers nåd”, sade mr Henry och gestikulerade. ”Jag antar att ers nåd inte behöver mig för att bli presenterad?”

Butlern talade för tomma luften.

Ellen såg upp från sin bok när dörren till salongen öppnades. En sekund senare föll boken ohörd till golvet när hon hoppade upp, och en sekund efter det rusade hon in i Thomas armar, utan att bry sig om någon publik som kunde observera dem.

"Ellen", sade han om och om igen medan han lät kyssarna regna över hennes ansikte, "min Ellen, vad jag har saknat dig!"

Ellen fann inga ord, för kvävd av känslor för att tala. Hon klamrade sig fast vid Thomas och slöt ögonen, njutande av den solida styrkan hos honom när han höll henne tätt intill sig.

"Du borde inte vara uppe ur sängen", sade Thomas slutligen och drog sig tillbaka för att hålla henne på armlängds avstånd, med handflatorna kupade över hennes axlar.

Ellen skrattade. Ljudet var fortfarande hest, men hon kunde tala och göra sig hörd. Även om blåmärkena på hennes hals fortfarande hade en ilsken färg, var de gröna och gula snarare än svarta och lila, och höll tydligt på att åldras och blekna bort. "Jag har blivit ompysslad och uppassad på hand och fot ända sedan du for, Thomas. Idag är första dagen Susan ens har tillåtit mig att lämna mitt rum, och det bara för att jag protesterade att jag skulle bli galen om jag inte fick se något annat än de där fyra väggarna."

Då Thomas hörde henne tala, nästan som sitt gamla jag, log han av lättnad. Han ledde henne ändå tillbaka till den bekväma fåtöljen vid brasan som hon hade suttit i, satte henne till rätta och slog sig ner på fotpallen, med hennes händer i sina.

”Du är uppenbarligen på bättringsvägen. Har doktor Smithee varit uppmärksam?”

”Här varje dag minst en gång, ibland två.” Ellen log mot honom, drog loss en av sina händer och sträckte sig för att röra vid hans kind. ”Hur mår du, Thomas?”

”Det är inte jag som blev skadad.”

”Nej, men du har ändå haft en lång resa, och jag tvivlar inte på att det inte gick helt smidigt att ordna för Louisa och Clarice. Så jag frågar igen; hur mår du?”

Han stirrade in i hennes ögon ett långt ögonblick innan han böjde sitt huvud och lade det i hennes knä. ”Gjorde jag rätt, Ellen?”

”Det var det enda du kunde göra”, svarade hon genast och strök ömt sina fingrar genom hans hår. ”Jag har tänkt mycket på det sedan du for; jag har inte haft mycket annat att göra än att tänka, och oavsett hur många olika möjligheter jag övervägde, slutade ingen av dem bättre än den väg du valde.”

Thomas suckade djupt och nickade långsamt mot hennes knä. ”Jag vet. Jag har också haft gott om tid att tänka, och jag kunde inte heller komma på något annat. Förutom att skeppa iväg Louisa någonstans ännu mer avlägset och låsa in henne i en stuga i Högländerna eller något liknande, där det inte finns någon chans att hon någonsin ses igen av någon som möjligen skulle känna igen henne..."

"Vilket skulle vara ett alltför grymt öde, även för henne", sade Ellen tyst när hans röst dog bort.

"Även om det inte vore så, tror jag att Clarice skulle ha insisterat på att följa med henne, och det skulle verkligen ha varit orättvist." Thomas lyfte sitt huvud för att se på henne. "Jag vet att hon var ovänlig mot dig, Ellen, men hon är trots allt familj."

"Och varken du eller jag har så många familjemedlemmar att vi är villiga att låta någon av dem lida i onödan."

"Precis." Han tog hennes hand och tryckte en kyss mot hennes fingrar. "Sanningen att säga är min glädje i att älska dig så allomfattande att jag inte kan överväga något som skulle kunna göra någon det minsta bedrövad."

Ett långt ögonblick satt de försjunkna i varandras ögon, så glada över att vara återförenade att alla världsliga bekymmer försvann. Till slut skakade Thomas dock på sig och tog upp den mest angelägna punkten i sina tankar.

"Jag gav Gallagher i uppdrag att skaffa en särskild licens när jag skickade honom tillbaka till staden, och om han är hälften så effektiv som jag tror att han är, ligger den redan på mitt skrivbord. Förlåt mig om din dröm är att ha ett storslaget bröllop på Haverford med halva grevskapet som gäster, men jag tror det är bäst för oss att gifta oss så snabbt och tyst som möjligt, och sedan omedelbart lämna London."

”Jag hyser inga sådana längtansfulla drömmar, och jag håller helt med om att det är den bästa planen”, sade Ellen genast. ”Så länge du är brudgummen, bryr jag mig faktiskt inte om några andra detaljer gällande tid och plats.”

Thomas såg förtjust ut över hennes känsla och kysste hennes händer igen. ”Har du en klänning med hög krage som skulle dölja dina blåmärken? Om så är fallet, skulle vi kanske kunna bjuda in några nära vänner som vittnen till vigseln.”

Ellen övervägde det. Även om hon inte hade varit i London tillräckligt länge för att få många vänner, tänkte hon att hon skulle vilja bjuda in lady Creighton, som hade varit så snäll mot henne, och de tre äldre damerna som ville ta henne under sina vingar. Hon kände sig helt säker på att de alla skulle bli glada över att hon skulle gifta sig med Thomas, som de hade verkat se på med viss gunst trots hans amerikanska börd.

Thomas lämnade henne en kort stund för att gå till sitt arbetsrum, där han fann både sin förvaltare och den särskilda licensen som den trogne mannen effektivt hade införskaffat. Gallagher var mer än glad över att genast ge sig ut och hitta en tillmötesgående präst som kunde förrätta ceremonin så snart som möjligt.

”Jag har funderat”, sade Ellen till Thomas när de två åt middag tillsammans den kvällen, sittande i Ellens salong med Susan som sydde tyst i ett hörn, ”på att jag borde avlägga ett besök hos lady Jersey.”

Thomas stannade med soppskeden i luften och såg osäkert på henne. "Skulle det inte vara bättre att skriva till henne när vi väl har lämnat London?"

"Förutom att jag skulle vilja bjuda in henne till bröllopet." Ceremonin var fastställd till om tre dagar, i en liten kyrka i närheten.

Thomas lade ner skeden med en suck. "Nåväl. Det var ju alltid en del av planen att berätta den offentliga versionen av händelserna för henne så hon kunde sprida den, var det inte? Jag vågar påstå att om vi gör det personligen, kommer vi att vara så mycket mer trovärdiga."

Ellen nickade instämmande. "Jag skulle vilja besöka lady Creighton också", sade hon. "Hon var mycket snäll mot mig, och utan hennes inblandning hade vi kanske inte ens suttit här nu. Det var ju hennes insisterande på att jag inte skulle vara en väggblomma som ledde till att jag dansade med lord Bellmere och major Trevithick."

Thomas smalnade ögonen mot henne. "Vilket fick mig att inse min egen idioti i att inte ha lagt märke till din fullkomliga perfektion från allra första stund. Din förebråelse är sannerligen giltig."

Hon skrattade åt honom som svar. "Våga inte vara svartsjuk, Thomas. Ingen av dem hade någon chans att vinna mitt hjärta, det lovar jag dig. Det har länge varit ditt."

De såg på varandra tills Susan hostade från hörnet. "Soppan smakar mycket bättre när den är varm, ers nåd, miss Bentley", sade hon med mild förebråelse.

"Du ser, jag är väl omhändertagen." Ellen log mot sin kammarjungfru och tog upp skeden igen. "Susan har pysslat om mig som en höna om sin enda kyckling i din frånvaro."

"Bra", sade Thomas eftertryckligt.

Ellen valde att byta ämne, och med Susans milda påminnelse som ny utgångspunkt, kommenterade hon skvallret som redan börjat cirkulera. "Tjänstefolket har börjat sprida den önskade historien, viskande om Louisas avfärd och skam med en påhittad medlem av deras skara." Ellen skakade på huvudet och sade: "Det är ett sorgligt vittnesbörd om hennes beteende mot dem, att de är så ivriga att börja triumfera över hennes fall."

"Låt dem njuta av sin hämnd, Ellen. Vem vet hur många tjänare Louisa har avskedat, eller till och med skadat allvarligare, som den där kammarjungfrun Clarice berättade om? Ärligt talat tycker jag att vi bara ska vara tacksamma att de inte basunerar ut sanningen om hennes galenskap över hela London."

"Det skulle de inte göra", förnekade Ellen bestämt.

"Jag råkar hålla med, främst för att du har gjort dig så omtyckt av dem, både här och på Haverford Hall!"

De avlade ett besök hos lady Jersey följande morgon, med Ellens fortfarande blåslagna hals väl täckt av en spetskantad sjal som var virad högt, och hennes hesa röst förklarades bort med de kvarvarande effekterna av influensa.

Grevinnan ställde några sonderande frågor om Louisa, och Thomas och Ellen svarade försiktigt, med sin historia väl inövad. De uttryckte båda sin sorg över sin kusins skandal, och sin chock över hennes plötsliga avfärd.

”Jag hade inte den blekaste aning om att hon planerade något sådant, det försäkrar jag er”, sade Ellen till grevinnan. ”Jag vet att lady Havers pressade Louisa att bestämma sig för en av sina friare; kanske var det det som fick henne att ta chansen när vi alla låg sjuka i säng med influensa.”

”Dum flicka.” Lady Jersey skakade på huvudet. ”Nåväl, det är sannerligen en skandal, men jag tror inte att den kommer att drabba er särskilt. Speciellt inte eftersom ni planerar att gifta er så snart. Ni är en listig en, miss Bentley, ni gav ingen antydan om det alls!” Hon knackade Ellen på handen med sin solfjäder och småskrattade för sig själv.

Ellen rodnade, kastade en blick i sidled på Thomas, som log brett tillbaka mot henne. ”Till mitt försvar, ers nåd, hade jag ingen aning om att Thomas besvarade mina känslor förrän efter att Louisas skandal kom i dagen. Känslorna svallade vid den tiden.”

”Utan tvekan, utan tvekan.” Lady Jersey verkade mycket road. ”Nåväl, det är en förtjusande utgång för er två, helt säkert, även om jag helt förstår varför ni känner er tvungna att gifta er snabbt och återvända till landet.” Med en loj handviftning förklarade hon: ”Jag ska se till att den nya grevinnan av Havers kan röra sig i societeten utan att någon antydan till skandal från hennes kusins dårskap vidlåder henne. Överlåt *det* till *mig*."

"Vi böjer oss för er expertis, naturligtvis, lady Jersey", sade Thomas, road.

"Jag visste att ni var en smart ung man, Havers, trots att ni kommer från kolonierna. Det kommer att gå bra för er, vågar jag påstå."

Ellen kvävde ett litet fniss när lady Jersey högdraget tog emot komplimangen. Hon kunde bara skatta sig lycklig att den formidabla damen var benägen att tro på deras historia.

"Ni kommer väl på bröllopet, lady Jersey?", frågade hon hoppfullt.

"Jag skulle inte missa det, kära flicka, och jag ska ta med mig Eliza Sale och Charlotte Peabody, och alla andra jag kan samla ihop."

"Åh, tack", sade Ellen tacksamt. "Vi kommer inte att ha tid att besöka alla som jag skulle ha önskat bjuda in, även om vi går härifrån till Creightons townhouse. Jag skulle väldigt gärna vilja bjuda in lady Creighton."

"Lycka till med det; hennes make tillåter henne inte att acceptera många inbjudningar. Endast de tillställningar han själv önskar närvara vid." Lady Jersey gav Ellen ett leende. "Hon förtjänar dock en vän, så jag hoppas att ni framhärdar. Smickra Creightons fåfänga så kommer han förhoppningsvis att tillåta er en liten vänskap med hans hustru."

”Jag ska göra mitt bästa”, lovade Ellen.

”Det ska jag också. Jag ser fram emot att träffa denna vän till dig”, anmärkte Thomas när de lämnade det palatsliknande Jersey-townhouset. ”Det är hon som introducerade dig för lady Jersey och hennes vänner, är det inte?”

”Jo, men du måste lova att inte bli förbluffad över hennes skönhet när du möter henne. Jag skulle ta det mycket illa upp, men jag lovar dig, hennes man skulle ta det värre, och han låter sitt humör gå ut över stackars Marianne. Vänd din charm mot honom istället, Thomas, vill du det?”

”Allt för dig, min älskade.”

Trots hennes retsamma ord kände sig Ellen verkligen lite nervös för hur Thomas skulle reagera när han mötte Marianne. Bortsett från en enda överraskad blinkning visade han dock ingen reaktion på den fantastiska rödhåriga kvinnans utseende, utan sade bara hur glad han var att träffa henne och tackade henne för hennes vänlighet mot Ellen, innan han ursäktade sig för att söka upp lord Creighton.

”Du ser så väldigt lycklig ut, Ellen”, sade Marianne rakt på sak när hon hällde upp te åt Ellen i en ömtålig Sèvreskopp. ”Jag misstänkte från början att du hade en svaghet för lord Havers, och jag är väldigt glad att han har förståndet att se dig för den skatt du är.”

”Tack.”

”Även om jag är mycket ledsen över att höra om er kusins skandal.”

Ellen blinkade, överraskad av anmärkningen. "Var har ni hört talas om Louisa?", frågade hon, för att vinna tid.

"Tjänstefolket pratar." Marianne gav henne ett litet leende. "Jag kan inte påstå att lady Louisa och jag någonsin var vänner... men jag hoppas att hon är lycklig med sin lakej."

"Verkligen?" Ellen blev överraskad igen och ställde ner sin kopp. Det var inte en reaktion hon hade väntat sig från någon i societeten.

"För länge sedan fanns det någon...", sänkte Marianne rösten. "En soldat. Om han hade bett mig att rymma med honom, skulle jag ha gjort det, utan en sekunds tvekan, och ansett allt jag gav upp som en ringa förlust för kärleken. Så ja, jag hoppas att din kusin är lycklig med sitt val."

"Hon är i säkerhet och mår bra, så mycket vet jag. Och Thomas skulle aldrig låta något ont hända henne, inte heller låta henne gå hungrig eller bli illa behandlad." Ellen höll sig till halvsanningar, och Marianne verkade nöjd med att acceptera dem. Det var frestande att anförtro sig helt åt Marianne, men Ellen vågade inte. Hon och Thomas hade kommit överens; det var en hemlighet som de två måste hålla tätt om, för evigt.

KAPITEL ARTON

Bröllopsdagen grydde mulen och regnig, även om
Susan påstod att det skulle klarna upp senare. Ellen vä-
grade låta vädret förstöra hennes humör, log och insister-
ade på att det inte skulle spela någon roll om det regnade
hela dagen. Hon tvivlade inte på att mr Henry hade ordnat
allt så att ingen gäst skulle riskera att få så mycket som en
enda regndroppe i håret eller på kläderna.

"Kanske det, men dina skor skulle bli helt leriga, fröken!"
muttrade Susan olycksbådande. "Kom, stig i badet så att vi
kan tvätta ditt hår och låta det torka framför brasan. Betty
kommer upp med din frukost alldeles strax."

Ellen log när hennes kammarjungfru tog befälet, gled ner
i det förberedda badet och slappnade av i det varma vat-
tnet medan Susan masserade in flingor av kastiliansk tvål
i hennes hår innan hon sköljde ur det med äppelciderv-
inäger och en sköljning med rosmarin och lavendel.

"Jag undrar om Thomas blir lika ompysslad som jag?"
mumlade hon medan Susan hjälpte henne att torka sig och
ta på sig en morgonrock.

”Jag tvivlar inte på att han tar ett bad, fröken. En väldig massa kannor med vatten värmdes vid de öppna spisarna runt om i huset i morse.” Susan kramade ur vattnet ur Ellens hår med en linneduk innan hon tog en kam och försiktigt började reda ut slingorna, med lite lavendelolja på fingrarna för att släta ut tovorna. ”Men hans hår går nog säkert fortare för Kenneth att torka!”

Av någon anledning fann Ellen det löjligt roligt. Fnissande tog hon chokladkoppen som Betty hade kommit med på frukostbrickan och tog en klunk.

”Det är skönt att höra dig skratta på din bröllopsdag, fröken”, sade Susan. ”Och titta – regnet har upphört!”

”Ja, det har det”, instämde Ellen och kikade ut genom fönstret.

”Lycklig är bruden som solen skiner på”, citerade Susan det gamla talesättet.

”Kanske det, men mina föräldrar var det lyckligaste par jag känt och mamma sade alltid att det snöade på deras bröllopsdag. Och det ösregnade verkligen den dagen Demelza och John gifte sig, och de är också mycket lyckliga, så jag fäster ingen vikt vid att eländiga bröllopsdagar skulle ha något att göra med olyckliga äktenskap”, förklarade Ellen bestämt.

”Mycket klokt, skulle jag tro”, instämde Susan. ”Vill du inte äta något, fröken?”

Ellen log snett. Naturligtvis hade hennes skarpsynta kammarjungfru lagt märke till att Ellen inte hade valt något från det frestande utbudet på brickan. "Det slår knut på sig i magen av nervositet", erkände hon.

"Tänk på det som vilket annat bröllop som helst som din far, Gud bevare hans själ, förrättade under årens lopp", föreslog Susan. "Jag vågar påstå att du har sett fler bröllop än någon annan i det här huset!"

Det var helt sant, funderade Ellen medan hon lät Susan övertala henne att äta en skiva rostat bröd med smör och honung. Hennes far sade alltid att han inte älskade något mer än att förrätta en vigsel, att se ett kärlekspar förenas i äktenskap i Guds hus ... om det inte var dopen som ofta följde, ibland lite mindre än nio månader senare, även om hennes far aldrig skulle kommentera hur kort tid det än var mellan bröllop och födsel.

Hennes föräldrar skulle ha tyckt mycket om Thomas, tänkte hon. Hon kunde föreställa sig hur han och hennes far skulle ha långa debatter om vad de läste i tidningarna, och hur hennes mor skulle ha rekryterat Thomas för att hjälpa till med ett av hennes projekt för att förbättra de fattigaste bybornas lott.

En tår rann från hennes öga, och hon torkade bort den. "Jag tänker bara på mamma och pappa", svarade hon på Susans bekymrade fråga. "Jag önskar att de var här."

"Självklart gör du det, fröken. Men de vakar säkert över dig från himlen", sade Susan tappert, och Ellen nickade.

"Säkert", instämde hon tyst. Den gamle greven skulle säkert vända sig i sin grav också, om han kunde se sin uppkomling till amerikansk arvinge gifta sig med den utfattiga prästdottern som han aldrig hade nedlåtit sig att erkänna som sin släkting, men den tanken uttalade hon inte högt.

Tjänstefolket hade fyllt den lilla kyrkan med grönska, köpt alla växthusblommor de kunde hitta med Thomas börs öppen för ändamålet, och lagt till vackert vävda kransar av grönt. Den söta doften av blommorna fyllde Ellens näsa när hon tog ett djupt andetag innan hon klev över tröskeln till kyrkan.

Leende ansikten mötte henne, tjänstefolket längst bak i kyrkan och ett förvånansvärt stort antal från den högre societeten längst fram när hon gick uppför altargången. Lady Jersey, på en hedersplats på första raden, strålade positivt, och Lady Sale och fru Peabody bredvid henne såg lika glada ut över att se Ellen gift. Marianne Creighton befann sig direkt bakom dem, med sin äldre make vid sin sida som såg mindre nöjd ut med tillfället, men Mariannes leende var strålande. Ellen tänkte att hon skulle se till att skriva till Marianne mycket ofta. Lady Creighton verkade vara i stort behov av en vän.

Till slut nådde hon slutet på den till synes oändliga promenaden till platsen där Thomas väntade på henne framför altaret, med ett brett leende på läpparna. Att se hur glad han såg ut lugnade fjärilarna i Ellens mage och hon log lyckligt tillbaka mot honom, och hennes sista bekymmer försvann.

Tillsammans, tänkte hon när hon lade sin hand i Thomas och komministern började mässa orden i vigselceremonin, skulle de hantera vilka prövningar och vedermödor som än kunde komma i deras väg. De skulle mycket väl kunna sätta *Ton* på ända med sina nymodiga idéer och sin beslutsamhet att vanligt folk skulle behandlas på exakt samma sätt som aristokratin, men Ellen fann att hon inte brydde sig det minsta om vad överklassens bortskämda ättlingar kunde tänka om dem, och hon visste att Thomas inte heller gjorde det.

”Jag älskar dig”, mimade Thomas medan komministern mässade vidare.

”Jag älskar dig också”, mimade Ellen tillbaka.

”Om någon här känner till något skäl till varför detta par inte bör förenas i heligt äktenskap”, sade komministern och rynkade pannan åt dem båda, ”låt honom tala nu, eller för alltid tiga.”

För ett vilt ögonblick förväntade sig Ellen nästan att Louisa skulle hoppa fram från bakom en av kyrkbänkarna, med en kniv i handen, och hon ryckte till en aning. Thomas hårdnade sitt grepp om hennes hand, och hans min blev bekymrad, men hon skakade på huvudet och log mot honom igen.

Det var alldeles tyst i kyrkan. Thomas log lugnande tillbaka mot Ellen, kanske anade han något av vad hon tänkte, och komministern påbörjade ceremonin igen, denna gång för att förbereda dem på att avlägga sina löften.

”Jag förklarar er nu för man och hustru inför Gud”, avslutade komministern till sist. ”Mina herrar, mina damer och herrar, greven och grevinnan av Havers.”

”Min grevinna”, sade Thomas med ett leende, och Ellen skrattade förtjust.

”Er grevinna sannerligen, min greve!”

Utan att bry sig det minsta om huruvida de skandaliserade sin publik, drog Thomas henne intill sig för att ge henne en lång kyss på läpparna. Några ogillande ljud hördes från de mest traditionella, men nästan hela församlingen strålade mot det lyckliga paret, glada att se Ellen äntligen finna lyckan med sin greve.

SLUT

Jag hoppas att du tyckte om att läsa Ellens och Thomas berättelse. Glöm inte att hålla utkik efter *En markis för Marianne*, bok 2 i serien *Rodnande unga damer*.. . du trodde väl inte att jag skulle låta stackars Marianne Creighton lida med den där hemska maken för evigt, eller hur?

FLER BÖCKER AV CATHERINE BILSON

Rodnande unga damer

En greve för Ellen

En markis för Marianne

En hertig för Diana

En kapten för Clarissa

Fröknarna från Belle Haven

En brud för Belle Haven(gratis förhistoria)

Fröken Molly och kavallerimajoren

Fröken Clara och markisen

Fröken Annas misstag

Fröken Eliza tar kommandot

Fröken Charlotte ställer till det (kommer snart)

Fröken Laura förälskar sig (kommer snart)

Fröken Louise lägger sig i (kommer snart)

Kärlek på Gränsen

Lärarinnan och Cowboyen

Ranchägarens Dotter och Bankägaren

Bokhandelns Skönheter (med Ebony Oaten)

Matthews Villiga Änka(gratis förhistoria)

Estelles Eldiga Beundrare

Maries Glada Herre

Louises Julhjälte

Bernadettes Stiliga Läkare

Exklusivt för nyhetsbrevsprenumeranter

St. George och Besten i Floden

Upptäck alla Shenanigans Press-utgivningar på vår webbplats(https://www.shenaniganspress .com/se) !

Eller följ oss på sociala medier — vi finns på Facebook och Instagram (@ShenanigansPressSvenska).

Och glöm inte att prenumerera på vårt nyhetsbrev för att få veta mer om nya släpp, erbjudanden, utlottningar och mycket mer!